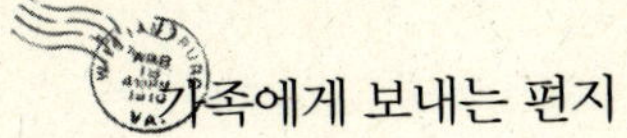

가족에게 보내는 편지

지그 지글러가
가족에게 보내는 편지

지그 지글러 지음 | 이구용 옮김

큰나무

글 쓰는 사람 가운데 한 사람으로서, 저는 자주 작가들이 자기 책의 서문이나 감사의 글에서 언급하는 모든 사람들로부터 얼마나 많은 도움을 받았는지를 궁금해 하곤 했습니다. 제 경우, 제가 받았던 도움은 실로 어마어마했으며, 이 책을 보다 더 의미 있는 책으로 만들기 위해 도와 주신 공동 집필자들께 깊이 감사드리고 있습니다.

이 책을 읽고 또 읽는 것을 수도 없이 반복한 제 아내는 그 누구에게 보다 제가 감사할 첫 번째 사람입니다. 그녀의 뛰어난 통찰력과 제안은 훨씬 더 좋은 책으로 만들어 주었을 뿐만 아니라 잊혀진 많은 일들을 기억해 내도록 도와 주었고, 여러 부분에서 틀린 기억들을 바로잡아 주었습니다. 또한 아내는 어구, 용어, 접근 방법의 변화 등을 제안해 저를 곤경으로부터 구해 주기도 했습니다. 이 책을 통해 알게 되겠지만, 우리는 아주 특별한 관계입니다.

　저의 행정 조수 로리 다우닝도 엄청난 도움이 되어 주었습니다. 그녀의 일에 대한 열정 — 믿을 수 없는 속도로 워드 프로세서를 다루는 능력 — 은 실로 놀라운 것이었습니다. 쓰고 또 쓰고, 아직까지도 다시 쓰고 있는 이 과정에서 로리 다우닝의 인내와 고집은 아무리 강조해도 지나치지 않습니다. 원고의 어떤 면들에 대해 기꺼이 의견을 표명하려 했던 그녀의 마음 역시 뜻깊은 것이었습니다. 그녀는 질문들에 응답은 했지만, 질문을 요청 하기 전에는 절대 자진해서 의견을 내지 않았습니다. 말할 필요도 없이, 그녀의 의견들은 대단히 자주 요구되었지만요.

　아들 톰은 물론이고 저의 세 딸 진 수잔 위트마이어, 신디 앤 오츠, 줄리 지글러 노먼 또한 가치 있는 기여를 해 주었습니다. 사실 그들은 이 늙은 아버지가 몇몇 심각한 실수를 피할 수 있도록 도와 주었고, 제 관점이나 강조가 잘못되어 있는 부분들을 여러 번 수정해 주었습니다. 그들은 언제나 저를 격려해 주는 한편 기꺼이 의견을 내 주었고, 값진 교훈들을 함께 나누었습니다. 이처럼 사랑스런 아이들이 있다는 것은 정말 멋진 일입니다.

　그리고 가족 외에 헤아릴 수 없이 귀중한 공헌을 해 주신 두 숙녀분들, 지그 지글러 사(社)의 사장과 부사장의 아내인 앤 에징가 여사와 카렌 루씨엔 여사가 있습니다. 그녀들은 이 책에 대해 어느 누구보다 많은 시간을 할애해 주었습니다. 각각의 편지들을 평가했고, 수정과 개선에 대해 제안을 해 주었으며, 제외되어야 하는 편지들에 대한 의견을 내 주었습니다.

회사현장 교육부사장인 짐 새비지는 그의 독창적인 통찰, 용어와 어구의 세련화, 구두점과 문법적 정확성으로 이 책의 마무리 손질을 도와주었습니다. 또한 친구이자 강연 동료이며, 정신과 의사인 데니스 웨이틀리의 격려와 지지에 빚진 바 있습니다.

이 책과 관련해 정말 많은 도움을 준 또 다른 세 명은 컴퓨터 프로그램을 관리하고 있는 데이브와 마릴린 바우어 그리고 우리 사무실 매니저인 린다 태너 여사의 남편인 랄프 태너 씨입니다. 이들은 편지들을 1점에서 10점까지로 평가하고, 삭제할 편지에 대한 의견을 내 주었습니다. 이들의 몇 가지 의견은 결정적인 것이었습니다.

덧붙여, 〈가족에게 보내는 편지〉를 집필하고 출간하는데 함께 애써 준 편집부 직원들께도 진심 어린 감사를 드리고 싶습니다.

이 책은 편지글입니다. 많은 글들이 실제로 쓰여진 것이고, 어떤 것들은 아닙니다. 하지만 그 모든 글들은 쓰여졌어야만 하는 것들이지요. 그 글들은 제 진심으로부터 나온 것이고 가족을 향한 제 감정을 표현하고 있기 때문입니다. 많은 부분, 전에는 공유해 본 적이 없는 이러한 사색들을 함께 나누려는 건 여러분을 자신의 가족에게로 좀더 가까이 이끌고, 삶을 보다 의미 있고 보람된 것으로 만들기 위한 어떤 생각이나 착상들을 얻길 바라는 마음에서입니다.

제 아내와 저는 특히 결혼생활초기에, 서로의 차이로 인한 의견의 불일치들을 겪어야 했습니다. 아이들 또한 그 나름대로 꽤나 심각하게 반항하곤 했습니다. 딸아이들 모두 우리에게 작지 않은 고통을 안겨 주었고, 그 결과 눈물도 많이 흘려야만 했지요. 우리는 '결과가 좋으면 만사가 다 좋다'라는 옛 속담에서 많은 위안을 받았습니다. 아이들이 주었던 눈물은 그 애들이 우리의 삶에 가져다 준 기쁨, 웃음과 결코 비교될 수 없습니다. 저와 제 아내는 아이들을 사랑하고 자랑스러워하며 그들에게 고마워하는 엄마 아빠니까요.

실제로 우리가 겪었던 어려움과 슬픔은 막내딸이 17살이 될 때까지 제가 가족에게 영적인 지도력을 발휘하지 못했다는 것에 크게 기인합니다. 결과적으로 우리 딸들은 아들이 7살 이래로 받아 온 영적인 지도를 받지 못했습니다. 우리 아이들 모두 많은 사랑과 훈련 그리고 관심을 받았지만, 진정한 영적인 — 특히 저로부터의 — 지도가 없었습니다. 다행히 지금은 우리 아이들 모두 그 부분을 향유하고 있습니다.

이것은 우리에게 몇 가지 것들을 말해 줍니다. 아이들을 사랑하고 올바른 가치와 태도에 접근할 수 있게 하는 한 부모는 옳은 일들을 할 수 있지만, 그럼에도 슬픔을 겪을 수 있다는 것입니다. 이것은 그들이 반항함으로써 우리의 마음을 아프게 한다 해도 아이들을 포기해선 안 된다는 것을 말해 줍니다. 이 행동은 우리의 아이들이 자신을 포기하고 부모의 사랑을 받을 만하지 못하다거나 기대에 부응하지 못한다고 느끼고 있는 신호일 수 있습니다. 아이들에 대한 사랑과 믿음은 그들이 붙들어야 하는 모든 것일 수 있습니다.

대부분의 가족이 그렇듯이 우리 가족도 개개인으로 이루어져 있고, 현실적으로 매우 불완전한 사람들입니다. 하지만 '사랑은 맹목적'이라는 말처럼 우리 가족의 경우 적어도 어느 정도는 진실입니다. 가족의 사랑으로 부족한 부분을 채워가니까요.

저의 딸인 수잔은 최근 자신이 10대가 되고 나서야 부모가 결코 완벽하지 않다는 것을 이해하게 되었다고 털어놓더군요. (아이들도 결국에는 부모가 어떤 사람인지 알게 되지요. 그렇지 않습니까?) 그때까지 수잔은 '완벽'을 척도로 자신을 재고 있었습니다. 때문에, 자기 부모가 단점들을 가지고 있음에도 용케 잘 살아가고 있고, 진보하기까지 한다는 사실을 깨달았을 때 그것은 그녀에게 커다란 자신감을 주었지요.

이 원고를 준비하면서 가족에 대한 사랑이 더욱 깊어졌고, 그들과 더 가까워졌다는 점을 자신 있게 말하고 싶습니다. 이 경험은 제 사고를 명확하게 하고, 제 자신이 정말 믿을 수 없을 만큼 운이 좋은 사람이라는 사실을 깨닫게 했습니다.

하나님께서 저를 위해 이 특별한 여자인 제 아내를 보내 주셨다는 것은 얼마나 축복 받은 일인지! 또 4명의 예쁘고 건강한 자녀들과 3명의 멋진 사위들, 그리고 이제 4명이 된 너무나 예쁜 손자·손녀들! 저는 또한 더 좋은 남편이자, 아버지, 형제, 할아버지, 장인이 되겠다는 결심이 다시 확고해졌다는 걸 고백하고 싶습니다.

이 글을 읽는 많은 분들이 저와 똑같이 축복받았지만 어떤 이유로 자신들의 사랑과 감사를 충분히 표현해 본 적이 없었을 것이라고 추측해 봅니다. 말로, 행동으로, 여러분이 얼마나 여러분의 가족을 사랑하는지, 그들이 여러분에게 얼마나 많은 것을 의미하는지를 표현하지 못하고 지나가 버리는 날들을 만들어서는 안 된다고 당부하고 싶습니다.

만약 여러분이 자신의 생각을 말로 표현하는 데 서툰 분이라면, 편지를 쓰는 것이 자신의 생각을 전달하기 위한 가장 훌륭한 방법이라고 말하고 싶습니다. 무엇보다 여러분은 당황하거나 방해받는다는 두려움 없이 여러분의 생각을 말할 기회를 갖게 되는 것이지요. 즉 자신의 생각을 표현함으로써 가족들에게 도움을 주고, 변화를 가져올 수 있답니다.

부정적인 생각들과 죄악으로 가득 찬, 용기를 잃게 하는 것에 둘러싸인 채 수많은 사람들이 좌절하는 이런 세상에서 여러분이 서로를 북돋아 주는 말과 편지들로 세상을 다르게 만들 수 있습니다. 많은 사람들이 "내가 할 수 있는 일이 뭐야?"라고 질문하면서 답을 기대하지는 않습니다.

오늘 당장 할 수 있는 일 중 하나는 당신이 가족들에게 얼마나 감사하고 자랑스러워하는지, 그리고 그들을 얼마나 사랑하고 그들과 함께 있는 것이 얼마나 즐거운 지를 표현하는 것입니다. 이런 생각들을 글로 표현하면서 그로 인해 당신의 행동이 달라지고 이런 것들이 얼마나 놀랍도록 실현되는가에 경탄하게 될 것입니다. 지금 바로 시작하세요. 그로 인해 얻을 이득은 엄청날 것입니다. 그리고 여러분은 결코 '내가 그랬더라면' 이라는 식으로 한탄하지 않게 될 것입니다.

 차례

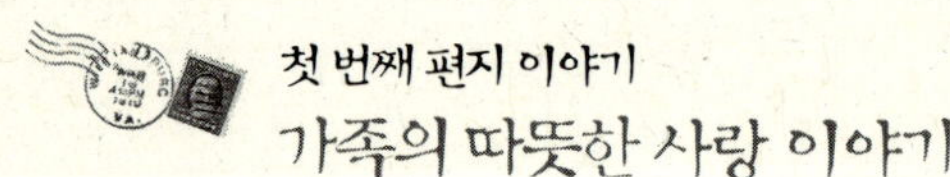 첫 번째 편지 이야기

가족의 따뜻한 사랑 이야기

 **두 번째 편지 이야기**

무엇과도 바꿀 수 없는 행복한 추억 이야기

네 번째 편지 이야기
어른이 되어 간다는 것에 대한 이야기

가족의 따뜻한 사랑 이야기

사랑으로 주어진 선물인 마음의 평화, 안정, 기쁨 그리고 대

담무쌍함은 이 세상에 비교할 것이 없을 만큼 거룩한 것이며

사랑의 진정한 축복을 아는 사람에게는 더욱이 그렇습니다.

—톨스토이

지글러 가족

독자 여러분에게

저에 대한 여러분들의 이해를 돕기 위해 제 가족들을 소개한 후, 몇 가지 이야기들을 나누고 싶습니다.

제 인생에서 가장 중요한 사람인 제 아내로부터 시작하지요. 그녀의 이름은 진입니다. 제가 그녀에게 말할 때 그녀는 '사랑하는 당신'이고, 제가 그녀에 대해 이야기를 할 때 그녀는 '빨강머리'입니다. 편지들 중 많은 것들이 그녀에게 보낸 것이지만, 1946년 11월 26일의 이 편지는 제가 왜 하나님께서 그녀를 주신 것에 대해 그토록 감사해 하는지 여러분께 명확히 알려 줄 것입니다.

사랑이라는 이름의 아름다운 순간들

사랑하는 아내에게

수년 간 우리는 너무나 많은 아름다운 순간들을 보내서 어떤 순간이 가장 아름다웠는지 뽑아 내기 어려울 정도라오. 하지만 나는 그 일을 정확히 해낼 수 있으리라 믿소.

내가 주님께 내 삶을 맡긴 후 3년쯤 지난 어느 날 아침, 꽤 일찍 일어나 커피를 마시며 침실에 있는 작은 탁자에 앉아 많은 이야기는 하지 않았지만 우리는 손을 잡고 있었소. 이것은 우리가 상대방의 존재를 확인하는 약식 행동으로 흔히 있는 일이지. 그날 아침 우리가 탁자에 앉아 있을 때 당신은 나를 보며 말했소. "여보, 전 제가 더 젊었으면 해요." 나는 "맙소사, 당신 왜 그래?"라고 물었지. 그때 당신의 대답은 지울 수 없이 내 마음을 타 들어가게 했다는 것을 알고 있는지…… 당신은 나

를 보고 웃으며 말했소. "제가 더 어리다면 당신의 아내로 더 오래 남을
수 있으니까요."

　내 사랑, 나는 그 이전에도 그 이후로도 그 말처럼 나를 감동시킨 말은
없었다는 걸 고백해야겠소. 그때처럼 사랑받고 있다고, 혹은 우리가 하
나라는 걸 가슴 깊이 느껴 본 적이 없다오. 그것은 우리가 특별한 순간들
을 함께 했다는 것 이상의 많은 것을 말해 주는 것이었기 때문이오. 우리
는 많은 곳들을 가 보았고 많은 흥미로운 경험들을 함께 했지만, 결국 가
장 의미 깊었던 순간은 그 아름다운 아침의 우리 집에서였던 것 같소.

당신을 사랑하는 남편, 지그

어머니, 당신이 계셨기에

　교육과 인격에 관한 한 제 인생에 가장 많은 영향을 주신 분은 저의
어머니입니다. 비록 초등학교 5학년까지만 마쳤을 뿐이지만 그녀는 제
가 알고 있는 가장 현명한 사람이며 위대한 스승이셨습니다. 그녀의 말
과 행동 하나하나가 작은 가르침이었고, 그것들은 지금까지 저의 대화
와 연설 그리고 글에 스며들어 있습니다.

아버지의 죽음으로 인해 일하기에는 너무 어리거나 여전히 학교를 다녀야 했던 6명의 아이들이 그녀에게 남겨졌고, 어머니는 엄청난 일과 책임들을 짊어져야 했습니다. 게다가 일주일 후에는 13개월 된 그녀의 아기마저 잃게 되었습니다. 하지만 이 비극과 슬픔에도 불구하고 제 어머니는 결코 자기 연민이나 번민에 빠지지 않으셨습니다. 그녀에게는 자기 연민이나 번민조차 사치스러운 것이었으니까요.

어린아이들은 물론이고 좀더 나이가 있는 아이들(우리는 모두 12명이었습니다)까지 그녀의 사랑과 관심, 그리고 강인함을 원했습니다. 밤늦게까지 5마리의 젖소를 돌보고, 커다란 밭에서 일하고, 나무로 때는 뜨거운 난로 앞에서 음식을 만들고, 온갖 집안 일을 하면서도 그녀는 우리에게 케이크와 파이를 구워 주셨습니다. 그리고 그녀는 우리에게 시간과 애정을 쏟았습니다. 그것은 사랑이었습니다.

저는 제 어머니가 어느 누구에 대해서도 몰인정하게 말씀하는 걸 들어본 적이 없습니다. 또한 가족 중 누군가가 실패하고 어려움을 겪게 되었을 때, 어머니는 언제나 그 실패한 아이를 감싸고 도와 주셨지요. 죄를 미워하셨지만 판단하시는 분은 아니셨습니다. 그녀는 죄인을 사랑하셨고, 언제나 그 아이가 그 죄로부터 벗어나 새로운 세상을 향해 딛고 일어설 것이라는 걸 알고 계셨습니다. 그것은 사랑이었습니다.

그 무엇도 대신할 수 없는
어머니의 위대한 유산, 사랑

그리운 어머니께

저는 어머니가 이 글을 읽을 수 없으리란 걸 알고 있습니다. 하지만 어머니가 살아생전에 제게 말씀하셨던 이야기들을 어딘가의 다른 어머니들의 아들딸들도 당신의 지혜로부터 도움받길 바라는 마음에서 이렇게 그 이야기들을 글로 남기려 합니다.

어머니, 저희들이 어렸을 때부터 밖에 나가 일해야 했던 것이 안타깝다고 말씀하셨던 걸 기억하세요? 어머니는 저희가 어린 시절의 중요한 부분을 놓쳐 버렸다고 늘 안타까워하셨죠. 식료품 가게에서 일하는 것 대신 친구들과 노는 것을 더 좋아한 때도 있었지만, 저희들 중 그 누구도 저희가 일해야 했던 것을 원망하지는 않았어요. 어머니가 하셨던 힘든 노동과 사랑이 그런 것을 대수롭지 않게 보이도록 만들었기 때문이에요. 이제는 어머니가 그 문제에 대해 조금은 마음 편히 생각하실 걸 알지만 다른 사람들에게 도움이 될 수 있게, 또 제게 얼마나 멋진 어머니가 있었는지를 알 수 있게 기록해 두고 싶었어요.

제 직업상 저는 많은 사람들에게 목표를 정하는 방법에 대해 가르칩니다. 저는 언제나 뭔가를 얻기 위해서는 그것을 위해 뭔가를 맞바꾸어야 한다고 설명하지요. 제가 얻은 모든 것을 생각할 때 제가 포기한 것들은 비교적 미약한 것들입니다.

저는 어린 나이에 일을 배우고 책임을 받아들이는 특권을 얻었고, 그로 인해 제 또래의 다른 아이들보다 더 발전할 수 있었지요. 저는 직업 세계의 삶에 대한 기본적인 원칙들을 배우는 한편, 자기 신뢰와 자립할 수 있는 방법들을 배웠어요. 어머니, 많은 다른 아이들은 어른이 될 때까지도 배우지 못한답니다. 제가 직장을 다니고, 결혼하고, 가족을 이룰 때 이런 것들이 얼마나 도움이 되었는지 몰라요.

저는 어머니의 자식들 모두가, 자신들이 했던 일이 사는 데 필요한 것들을 공급하는 데 도움을 주는 일이었으며, 그 일을 통해 번 돈은 결코 시시한 곳에 쓰이지 않았다는 걸 알고 있음을 덧붙이고 싶어요. 만약 우리의 목표가 멋진 옷이나 차 아니면 그것을 사용할 만큼 성숙하기 전에 우리를 어른의 세계로 데려다 놓을 수도 있는 것들이었다면 아마도 어머니는 저희가 일하는 걸 허락하지 않으셨을 거예요.

어머니는 저에게 늘 어머니가 저를 얼마나 사랑하는지에 대해 말씀해 주셨습니다. 그래서 저도 늘 어머니에게 제 사랑을 말씀드렸어요. 어머

니, 언제나 어머니를 사랑했어요. 하지만 지난날을 돌아보니, 어린 소년
인 제가 어떻게 자립해서 살아야 하는지와 다른 사람들을 돕는 사람이
되도록 키워 주신 것에 대해 제가 얼마나 감사하는지 말씀드린 적이 없
는 것 같아요. 어머니 감사합니다. 그리고 사랑합니다.

저는 아주 조금을 포기하고 너무나 많은 것을 얻었어요!

당신을 사랑하는 아들 지그 올림

존경하는 장인 어른께

한번도 뵌 적은 없지만 당신의 막내딸이 제게 장인 어른에 대해 많은
것을 이야기해 주었습니다. 저는 최근에야 당신이 어떤 사람이었다는
것과, 당신이 주었고 지금도 주고 있는 영향에 대해 진정으로 이해하게
되었습니다. 장인 어른의 생애는 '작은 것을 베풀면 더 큰 것으로 돌아
온다' 라는 오랜 속담을 입증해 주고 있습니다.

여기 그런 예들이 있습니다. 제 인생에 대한 영화 작업을 하는 동안,
우리는 제게 많은 영향을 주신, 미시시피 주 레이먼드에 있는 힌즈 대학
의 조비 해리스 교수님을 초대했습니다. 장인 어른, 당신은 틀림없이 그

를 기억하실 것입니다. 당신은 보이스카우트의 대장으로서 많은 시간을
그와 함께 보냈으니까요. 12살짜리 소년, 조비 해리스는 그때 당신의 보
이스카우트 단원이었습니다. 기억나시죠. 해리스 교수님이 말씀하시길,
그에게는 당신이 두 번째 아버지와 같았고 당신이 그의 인생에 있어서
크나큰 영향을 주었다고 하셨지요.

25년 후, 조비 해리스는 힌즈 대학의 교수님이 되었고, 저는 그 분의
학생이었습니다. 저는 그 첫 번째 시간을 잊지 못합니다. 저는 제가 원
해서가 아니라 졸업하는데 꼭 필요했기 때문에 미국 역사 수업을 들었
습니다. 솔직히 역사 수업이 시간 낭비라고 생각했지요. 하지만 그 수업
이 끝나 갈 무렵, 저는 역사학을 전공하는 학생이 되어 버렸습니다. 해
리스 교수님은 자신의 역사를 아는 것과, 우리의 애국심을 고양시키는
것, 그리고 자유시장 경제체제에 대해 저를 완전히 설득시켜 버렸습니
다. 그는 미국을 좀더 살기 좋은 나라로 만들기 위해 제가 적극적으로
참여하는 것을 스스로에게 납득시키는 데 지대한 영향을 주셨습니다.

오늘날 제가 갖는 사람들에 대한 관심과 저의 인생 철학은 해리스 교
수님으로부터 막대한 영향을 받았습니다. 그래서 저는 제가 더 좋은 사
람, 더 좋은 남편 — 당신의 딸을 위해서 말이지요 — 이 되는데 해리스
교수님의 도움이 컸다고 생각합니다.

장인 어른, 당신은 오래 전에 돌아가셨기 때문에 제가 말하기도 전에
이 모든 것을 알고 계셨겠지요. 저는 단지 각자가 오늘 할 수 있는 선한
행위가 앞으로도 오래, 계속 남는다는 것을 말씀드리고 싶었습니다. 그

것이 우리가 '신은 우리를 죽음의 날에 판단하지 않고 천 년을 기다려서 심판하신다'고 믿는 이유입니다. 이 사위가 장인 어른을 잘 알지는 못하지만, 저는 당신을 정말 사랑합니다.

사위 지그 지글러 올림

아이들과 함께 하는 시간의 소중함

사랑하는 수잔에게

너는 행운아이고, 나는 네가 이 사실을 알고 있다고 믿는단다. 오늘날 사회에서는 경제적인 이유로 많은 어머니들을 인력 시장으로 나가게 하고 있지. 하지만 너는 집에 머물 수 있고 그래서 너의 시간과 사랑을 캐더린 진 알렉산드라 위트마이어 ― '키퍼'로 더 자주 불리는 ― 에게 줄 수 있지. 그것은 아름다운 일이란다. 한층 더 아름다운 건 네가 그러한 결정 안에서 행복하다는 것이지.

나는 키퍼의 성장기간 동안 네가 아이와 더 많은 시간을 보내기 위해 치장과는 무관하게 지낼 만큼 현명하다고 믿는다. 네가 알다시피 아이의 인격과 도덕성은 5살까지 크게 발달되지.

오늘날 우리 사회의 가장 큰 문제 중 하나는 많은 사람들이 종종 '단지, 아이들을 키우고만 있는' 어머니들을 이등 시민으로 느끼게 만든다는 것이란다. 그것은 비극이고 대단히 불공평한 일이지. 왜냐하면 우리 사회에서 가장 중요한 직업은 아이들을 사랑스럽고, 책임감 있고, 도덕적이며, 법을 준수하는 시민으로 키우는 것이기 때문이야. 어머니와 많은 시간을 함께 하며 관심과 애정을 받은 아이들이 그렇지 못한 아이들보다 행복한 어린 시절과 성공적인 인생을 가진다고 한다.

만약 어떤 어머니가 일하는 것을 택한다면 그것은 그녀의 특권이고, 만약 그녀가 일을 해야만 한다면 그것은 그녀의 책임이지. 그러나 그녀가 집에 머무르며 아이들을 키울 자유를 가지고 있다면 그녀는 조롱과 비평이 아니라 칭찬과 인정을 받을 자격이 있는 거야. 지금 우리 사회에서 급박하게 필요한 것은 더 많은 어머니들이(또한 아버지들도) 아이들과 함께 시간을 보내게 하는 것이란다. 다시 말하지만, 나는 네가 내 손녀, 그리고 너와 채드가 우리에게 선사해 줄 미래의 손자 손녀들을 키우기 위해 가정에 머물러 주어서 정말 기쁘고 고맙단다. 내 딸아, 아빠는 그런 네가 자랑스럽구나.

사랑하는 아빠가

사랑하는 나의 가족들

친애하는 형제, 자매, 친지 여러분들께

　오늘날 너무나 많은 사람들이 사랑을 나눌 애정 깊은 가족을 갖지 못한다는 건 정말 슬픈 일입니다. 서로 사랑하는 많은 가족들이 그 사랑을 표현하기 위한 시간과 기회를 갖지 않는다는 건 정말 불행한 일이지요. 이 사실을 염두에 두면서 저는 당신들이 얼마나 특별하며, 당신들의 사랑이 제게 얼마나 의미 깊은 것인지에 대해 이야기하려고 합니다.

　먼저 제 큰누나인 레라가 우리의 어머니에게 보여 준 사랑, 관심과 함께 그녀의 상냥한 심성은 제 기억 속에 깊이 남아 있습니다. 이와 함께 제가 보았던 가장 아름다운 사랑의 표현 중 하나는 어머니의 인생의 황혼기에 제 누이들과 그들의 남편들이 보여 준 헌신입니다.

　어머니는 마지막 12년을 그들과 함께 보냈고, 그 중 2년 간을 침대에 누워서 지내셨지요. 그 시간 동안 튜라와 웰든은 어머니를 목욕시키고 주물러 드렸으며, 할 수 있는 모든 정성을 다해 그녀를 보살펴 드렸습니다. 매일 아침 튜라는 어머니의 머리를 빗겨 드리면서 곱게 단장해 드렸습니다. 그녀 생의 마지막 몇 년 동안 어머니를 방문하는 모든 사람들은 흰머리 하나 없는 머리와 그녀의 피부에 대해 이야기했습니다. 87세로 조용히 눈을 감고 영원한 평온을 찾을 때까지도 그녀의 피부는 주름살 하나없이 아름다웠습니다.

우리는 튜라가 그렇게 어머니를 사랑하고 보살펴 주는 것에 대해서 자식이기 때문에 가능하다고 생각했습니다. 그렇지만 사위인 웰든의 사랑은 놀라울 뿐이었지요. 순수한 사랑에 관해서라면 웰든 알렌은 명예의 전당에서도 정말 특별한 곳을 차지할 것입니다. 저는 그가 어머니께 드린 사랑과 보살핌이 아들들이 보여주었던 것보다 훨씬 크다고 그에게 종종 말하곤 했습니다. 그리고 어머니가 일어나 거동을 하실 수 있으셨을 때 그들이 정원에서 일하며 보낸 수많은 시간을 기억합니다. 그의 어머니에 대한 헌신과 보살핌은 오직 사랑으로 가득 찬 마음으로부터만 나올 수 있었던 것이었습니다.

사실, 어머니를 보살피는 것은 모든 면에서 혼자 힘으로 할 수 없는 것이었습니다. 현재 간호사로 일하고 있는 누이 에비아 제인은 그녀가 그토록 깊이 사랑하는 어머니를 간병하기 위해 미시시피 주 잭슨에 있는 자신의 집으로부터 매주 몇 번씩 오가며 육체적인 한계 너머로 자신을 떠밀었습니다. 덧붙이자면 그녀는 다른 형제들과 누이들 중 가장 큰 자극을 준 사람이었습니다. 그녀는 분명 제가 보았던 것 중 가장 힘든 삶을 살았습니다. 그러나 그녀의 꿋꿋한 정신과 의지는 결코 흔들리지 않았습니다. 그녀는 믿을 수 없이 열심히 일했고, 자신의 아이들을 위해 많은 것을 희생했으며, 그 결과 화목한 가정과 개개인의 발전적 도약이 이루어졌습니다.

그녀가 A. P. 린지와 결혼한 것은 우리 모두에게 얼마나 가슴 설레는 일이었는지! 양가 모두에게 있어 그것은 얼마나 황홀한 만남이었는지 모릅니다. A. P. 린지는 그녀를 소중히 여기고, 즐겁고 유쾌하게 해 주었으며, 그녀도 그에 버금가는 보답을 해 주었습니다. 고난과 혼란 뒤에 그렇게 착하고 독실한 남자를 만나 결혼하게 된 것을 지켜보는 것은 정말 멋진 일이지요!

우리 가족의 사랑을 완성한 사람은 튜라와 웰든과 함께 어머니를 간병하기 위해 조지아 주 콜럼버스 시에 있는 자신의 집을 14개월 동안이나 떠나 있었던 누이 롤라였습니다. 말할 필요도 없이 그녀의 헌신은 대단했습니다. 아주 재미있는 것은 튜라, 웰든, 에비아 제인, A. P. 린지 그리고 롤라에게 그들의 헌신과 희생에 대해 말할 때, 그들은 그에 대해 대수롭지 않게 여긴다는 것입니다. 대신 그들은 어머니가 돌아가실 때까지의 몇 년 동안 모실 수 있었던 특권에 대해 열렬히 이야기합니다. 그것은 사랑입니다.

형들(쌍둥이 휴이와 휴버트)은 언제나 귀감이 되는 사람들이었고 이상적인 역할 모델이었습니다. 휴이는 너무나 아름답고 겸손한 정신의 소유

자로, 그는 자신의 '말하는 개' 이야기로 우리 모두를 즐겁게 해 주었습니다. 특히 제 딸들은 휴이 삼촌과 쥬얼 숙모를 방문하는 걸 얼마나 좋아했는지 모릅니다. 계란도 모으고, 말도 타면서 그곳을 차지할 수 있었기 때문이지요. 삼촌인 휴이는 그 애들의 한결같은 벗이었고, 자동차 사고로 인한 그의 때 이른 죽음은 우리 모두에게 오랫동안 충격적인 슬픔으로 남았습니다. 가족들이 휴이 삼촌과 쥬얼 숙모에 대해 기억하는 가장 큰 일은 친척 누가 방문하더라도 그들은 너무나 즐거워했다는 것입니다.

또 한 명의 쌍둥이 형 휴버트는 제가 아는 사람 중 가장 멋지고 독특한 사람이었습니다. 그는 15년 동안 정기적으로 교회에 갈 수 없는 병자를 방문하여 주일 학교 수업을 했지만, 우리 모두는 이 사실을 몰랐습니다. 그는 그것이 자신의 정규 수업을 하는 데 도움이 된다고 웃으며 말했지요. (1983년 10월 7일, 휴이 형은 조용히 눈을 감고 고향으로 돌아가 그가 너무나 사랑하고 신실하게 섬겼던 하나님과 함께 하게 되었습니다. 1984년 1월 18일, 쌍둥이 형제 휴버트는 하늘나라에서 휴이와 만났습니다.)

별로 큰 일은 아니었지만 또 다른 형인 하워드 역시 적어도 한 번은 저에게 크게 점수를 딴 적이 있습니다. 저는 39년 전 미시시피 주 레이먼드 시에 있는 힌즈 대학의 학생이었을 때의 그날을 절대 잊지 못할 것입니다. 그때 저는 하워드에게 10달러를 받았었지요. 하워드는 해군에 있었고 그의 월급은 60달러 정도밖에 되지 않았기 때문에 그 중 10달러를 저에게 준다는 것은 정말 힘든 일이었습니다. 10달러가 도착했을 때 저는 매우 빈곤한 상태였습니다. 15센트에 선데이 아이스크림을, 20센트에 우유를 살 수 있었던 시절이었기 때문에 그 10달러는 저에게는 막대한 부를 뜻했지요. 하지만 그 역시 42살이라는 때 이른 죽음을 맞이함으로써 저의 아이들은 그를 잘 알 수 있는 기회를 가질 수 없었습니다.

만약 〈허클베리핀의 모험〉에 나오는 개구쟁이 '허클베리핀' 이라는 이름이 선택되지 않았다면, 아마 형의 이름 휴얼이 주인공의 이름이 되었을 것입니다. 그는 두 아이들이 싸우고 있는 것을 보면 아주 자연스럽게 그 싸움의 승자와 저를 싸움 붙이려고 할 것입니다. 제가 6학년이었을 때 어떤 큰 아이와의 싸움에서 저의 편이 되어 주었던 그를 절대 잊지 못할 것입니다. 어린아이들의 싸움에서는 행운의 한 방을 날리는 사람이 대게 승자가 되기 마련이지요. 그 싸움에서는 저에게 행운이 따라 그 한 방을 날렸고, 싸움은 끝났습니다. 저는 너무나 기뻤지요.

싸움이 막 끝났을 때, 저의 담임인 월리 여사가 나타났습니다. 그녀는 우리들을 꾸중했고, 특히 휴얼에게는 더 심했습니다. 그녀는 그에게 싸움하는 것을 보았느냐고 물었고, 휴얼은 예의바르고도 힘차게 대답했지요. "네, 틀림없이 보았습니다." 그런데 왜 그것을 말리지 않았느냐고 그녀가 다시 물었지요. 그때 그의 대답은 정말 걸작이었습니다. "앗, 월리 선생님, 싸움을 말릴 필요가 없었어요. 제 동생이 이기고 있었거든요!"

가장 진실한 의미에서, 이것 — 서로를 보살펴 주고 서로의 편이 되어 주는 것 — 이 바로 가족이 있는 이유라고 생각합니다. 하지만 이것이 형제를 싸움에 말려들게 하는 것을 포함한다는 말은 아닙니다.

　막내 동생은, 토론 모임에서는 '판사'로 불리지만 저에게는 예전이나 지금이나 항상 '막둥이'일 뿐입니다. 우리 아이들이 막둥이에 대해 기억하는 것은 그가 항상 아이들 각각에게 깊은 흥미를 가지고, 아주 특별한 관심을 보여 주었다는 사실일 것이라고 생각합니다.

　휴스턴은 아버지가 돌아가신 이후 오랫동안 생계를 책임졌고, 우리에게 의식주를 제공해 주었습니다. 그가 기종(氣腫, 폐 질환의 하나)으로 일찍 죽었기 때문에 우리 아이들은 그를 잘 알지 못합니다. 그가 몇 달 동안 병과 싸우며 병원에 누워 있을 때, 저는 매일같이 몇 달이고 진심으로 간호하는 그의 아내 넬리의 헌신에 깊은 감명을 받았습니다. 만약 희생과 헌신에 대한 좋은 예가 있다면 바로 넬리가 그러했습니다.

　끝으로, 제가 그들을 얼마나 사랑하고 감사하고 있는지 형제, 자매 그리고 친지 여러분께서 알아 주시길 바랍니다.

사랑을 담아 지그 지글러 올림

작은 배려와 친절, 그리고
손길에서 느끼는 사랑

나의 소중한 아내에게

　내 나름대로, 나는 내가 알고 있는 모든 방법으로 당신을 사랑한다고 말하기 위해 노력해 왔소. 이 편지를 쓰기 위해 자리에 앉았을 때, 대부분의 사람들은 진정한 사랑이 무엇인지 모른다는 생각이 떠올랐소. 사랑이 무엇인가에 대한 너무나 많은 생각과 의견들이 있기 때문이겠지. 현대 사회에는 사랑이라는 주제에 대해 너무 많은 혼란이 있기 때문에 이는 매우 중요하다고 볼 수 있소. 많은 젊은이들이 섹스와 사랑을 혼동하며 '의미 있는 관계'를 평생을 함께 할 사람에게 완전히 구속되는 것으로 생각하는 것처럼 말이오. 이런 이유로 오랫동안 내 머리와 가슴속에 있었던 것들을 종이 위에 꺼내 놓고 싶소.

　때때로 나는 영화나 잡지에서 '이 이야기는 이제껏 이야기된 것 중 가장 위대한 사랑 이야기'라며 대대적으로 선전하는 것을 접하곤 하오. 불행히도 이런 경우의 대부분은 인정받지 못하는 열정을 마구 드러내어 전시하는 것이었소. 물론, 누군가는 이제껏 이야기된 것 중 가장 위대한 사랑 이야기를 할 수도 있겠지만 그것은 단지 사랑 이야기일 뿐이라오. 분명 지금까지 있었던 사랑 이야기 중 가장 위대한 사랑 이야기가 될 수는 없는 거라오. 성스러운 부부관계 안에서 서로에게 깊이 헌신하는 사람들은 다른 어떤 사람과도 그 사랑의 내밀하고 세세한 부분들을 나누지 않기 때문이며, 또한 그렇게 하는 것은 자신들의 사랑을 값싸고 평범하게 만든다고 생각하기 때문일 것이오.

사랑이 따끈따끈한 고구마라는 것은 나만의 확고한 신념이라오. 나는 적당히 뜨거운 오븐에서, 껍질이 마르거나 부풀어오르지 않도록 잘 구워진, 사람 주먹만한 크기의 구운 고구마가 더할 나위 없이 좋소. 껍질은 부드럽고 연해야 하는데, 그래야 맛이 있고 풍미를 즐기며 먹을 수 있기 때문이라오.

생각을 떠올려 봐요. 먹음직한 고구마를 오븐에서 꺼내어 가운데를 살짝 자르고 순수한 버터(마가린은 안 돼요!)를 한 무더기 얹어 모든 구석과 틈을 채우는 것을 말이오. 버터 이외의 다른 것을 추가하는 것은 신성 모독과도 같다오.

따끈따끈한 고구마를 완벽하게 즐기기 위해서는 따로 먹거나 후식으로 먹어야 하오. 한 입 베어물기 전에, 혀의 돌기가 살아서 튀어나오도록 찬물로 입을 헹궈 주는 거요. 그리고 첫 번째로 몇 입 베어물고는 눈을 감고 맛을 음미하며, 당신의 온몸이 그 최상의 맛을 느끼게 될 때까지 고구마가 천천히 녹도록 두는 거요. 나는 따끈따끈한 고구마가 왕들에게 잘 어울리는 음식이라고 생각하며, 고구마를 먹는 생각만으로 황홀경에 빠지지 않는 사람이 있다는 건 상상하기도 힘들다오.

여보, 당신은 37년 이상이나 내 사람이었는데도 불구하고 당신은 여전히 구운 고구마를 그리 좋아하지 않는 듯 하오. 나로서는 그런 집이 많다는 걸 상상할 수가 없고, 더군다나 그게 우리 집이라면 더욱 상상이 안 되지만, 하지만 그게 인생인거겠지. 그러던 어느 날 내가 집에 와서 전대미문의 독특한 입맛을 다시게 하는 그리고 나를 미치게 하는 따끈따끈한 고구마의 향을 강렬하게 느낄 때, 나의 생각은 사랑으로 바뀐다오. 그것은 내가 당신이 가게에 가서 고구마를 고르며 나에 대해 생각하고 있다는 것을 알기 때문이라오. 그 달콤한 고구마를 가지고 와서 씻을 때도 당신은 나에 대해서 생각하겠지. 고구마를 오븐에 넣을 때도 당신은 나에 대해서 생각하고 있을 거요. 그리고 고구마를 테이블에 놓을 때도 당신은 나에 대해서 생각할 거고.

이 사실을 알면 누군가 이렇게 말할 거요. "하지만 지그, 따끈따끈한 고구마는 그저 작은 것에 불과할 뿐이야!" 현실적으로, 나는 따끈따끈한 고구마가 '작은 것' 일 수도 있다는 것에 동의하오. 그렇지만 이게 바로 사랑이 아니면 무엇이겠소? 사랑한다는 이유말고 아무 다른 이유 없이 누군가를 위해서 선택한 '작은 것' 이 바로 사랑이 아니겠소? 이렇게 사랑은 우리 인생에서 매일매일 일어나는 셀 수 없이 많은 작은 일들에서 드러나는 것이라오. 만약 결혼한 사람들이 자신의 배우자에게 작은 배려와 친절을 베푼다면, 많은 부부관계가 경직된 것에서 행복한 것으로 바뀔 것이라고 확신한다오. 여보, 사랑하오.

당신을 사랑하는 남편으로부터

서 드러나는 것이라오. 만약 결혼한 사람들이 자신의 배우자에게 작은

함께 하는 시간

사랑하는 나의 아이들에게

나는 너희들이 어렸을 때 너희들과 많은 시간을 함께 해야 한다고 느껴었던 것에 감사하고 있단다. 딸아이들이 6개월쯤 됐을 때 나는 식료품 가게에 물건을 사러 너희들과 같이 가곤 했지. 나는 조리 기구를 만드는 업체에 있었고, 매일 저녁 조리 기구의 용도와 사용법을 고객들에게 알려 주기 위해 필요한 음식물을 사야만 했거든. 우리는 많은 시간을 함께 보냈지. 그래서 나는 너희들과 같이 놀고, 사랑하며, 이야기하고, 너희들에게 나를 보여줄 기회가 많았단다. 나는 정말 너희들을 자랑스러워했고, 너희들이 얼마나 똑똑하고 예쁜지 사람들에게 보여줄 기회가 있으면 절대 놓치지 않았단다.

톰, 너는 그로부터 10년 후에 태어났지. 우리는 여러가지를 함께 할 기회가 많았단다. 우리가 댈러스로 이사 갔을 때 너는 겨우 3살 반이었어. 집 근처에는 나무 몇 그루가 있었고, 우리는 그곳을 산책하며 많은 시간을 보냈지. 항상 그 오래된 떡갈나무에 도착하는 것으로 산책을 마쳤고, 그곳에 앉아 모든 것에 관해 많은 것을 이야기했지. 우리가 어미 너구리와 새끼 너구리 3마리를 보았던 날을 기억하고 있겠지? 우리가 산책했던 많은 날들 중 최고의 날이었잖니. 또 우리는 산책을 하며 새로운 길, 비밀의 장소, 숨겨진 오솔길과 수많은 다른 멋진 일들을 개척했지. 아들아, 무엇보다도 우리는 그 시간을 함께 보내며 더 가까워질 수 있었잖니. 나는 그것이 현재의 우리 관계를 위한 하나의 단계였다고 생각한단다.

우리 딸들은 너희들이 6살쯤 되었을 때 내가 너희를 차례로 여행에 데리고 갔던 것을 기억하겠지. 그때 나는 노스캐롤라이나, 사우스캐롤라이나 양쪽에서 일하고 있었고, 우리는 2일 혹은 3일씩 양쪽을 오가며 보내곤 했어. 그래서 너희는 호텔과 레스토랑에 갈 기회가 생겼고, 아빠와 함께 일하던 많은 사람들도 만날 수 있었지. 무엇보다도, 이런 긴 여행에서 함께 얘기할 수 있는 기회를 가질 수 있어서 다행이었어. 나는 그것이 우리가 현재 사소한 일뿐만 아니라 중대한 일에도 서로 연락하며 정기적으로 방문하고 있는 이유 중 하나라고 믿고 있단다.

다른 대부분의 아버지들처럼, 너희 모두와 즐거운 시간을 보내는 건 내 행복한 특권이었단다. 이 말은 때때로 새벽 2시에 너희에게 우유를 먹이기 위해 일어나는 것이나, 너희를 화장실로 데려가는 일처럼 몇몇 일상적이고 즐겁지 않은 책임을 받아들이지 않았다는 이야기는 아니란다. 하지만 너희가 대소변을 쌌을 때, 더러운 기저귀를 갈아 준 것은 항상 엄마였어. 너희들이 아플 때 안아 주고 보살펴 준 것도 엄마였어. 너희들에게 책을 읽어 주고, 눈물을 닦아 주고, 아픈 상처를 보듬어 준 사람 역시 너희 엄마였단다. 다시 말해서 엄마는 항상 너희들 곁에 있었단다.

그런 엄마가 아빠에게 특히 고마워 하는 일이 있었단다. 그 일은, 우리가 때때로 레스토랑에서 식사할 때 너희들 한 명 한 명을 일일이 화장실로 데려가 주는 것과 한밤중 단잠을 자고 있을 때에도 화장실에 가고 싶다고 칭얼거리는 너희들을 아무런 불평없이 데리고 가 주는 일이었다. 나는 너희들이 어렸던 그 몇 년간, 너희들로부터 엄마가 방해받지 않고 밥을 먹거나, 자다 일어날 필요가 없었던 때가 거의 존재하지 않았기 때문이라고 생각한단다. 나는 오늘 우리의 대화에서 보호해 주는 일이나 너희를 키우는 이야기 등 인생에서 중요한 모든 주제에 관해서 이야기 할 수 있어서 너무 좋았단다. 너희들이 제안하면, 그것에 대해 이야기를 나누는 것은 참 좋은 일 같구나. 너희들이 어렸을 때 우리가 함께 많은 시간을 보냈기 때문에 지금의 이런 친밀함이 가능하고 즐거운 것이라고 믿는다. 너희들도 아이들을 키우면서 아이들과 함께 보내는 시간을 충분히 만들라고 당부하고 싶구나. 아이들은 아주 빨리 자라 너희들이 미처 깨닫기도 전에 부모의 품을 떠난단다.

사랑하는 아빠가

독자 여러분에게

빨강 머리인 아내와 저는 3명의 훌륭한 사위들을 보면서 우리는 특별히 축복받은 사람이라고 느끼고 있습니다. 그들 각자를 한 개인으로서 많이 사랑하고 감사할 뿐만 아니라, 한 집단으로서도 그들이 곁에 있다는 건 참으로 기쁜 일입니다. 자연히 저는 그들 모두가 '결혼 생활에 너무 열중한다'고 느낍니다만, 저도 똑같이 그랬기 때문에 그들의 기품과 판단, 높은 도덕적 사고를 사랑하고 존경할 수밖에 없습니다.

첫 번째로 우리 가족에게 부드럽게 말을 걸어온 사람은 신디와 결혼한 리차드 오츠였습니다. 리차드가 보기 드물게 부드럽고도 매력적인 사람이라는 것에 대해 반박할 수 있는 사람은 거의 없었지요. 그는 항상 낙천적이어서 함께 있으면 언제나 즐거워집니다.

채드 위트마이어는 우리 가족이 된 두 번째 사람입니다. 그와 수잔이 복도를 걸어 내려온 이후, 우리 가족의 한 일원으로 채드와 함께 시간을 보낼 수 있다는 것은 정말 기쁜 일이었습니다. 채드와 그의 아이 키퍼가 수영장에서 놀고 있는 걸 보면 그 둘의 체력에 놀라고, 또한 채드가 얼마나 좋은 아빠인지에 대해 새삼 감동을 받습니다.

우리 가족을 완전하게 한 사람은 최근에 우리 가족이 된 짐 노먼으로, 그가 가족의 일원이 된 것이 얼마나 기쁜 일이었는지! 그가 우리 딸들, 줄리와 선샤인에게 쏟는 관심과 사랑을 지켜본다는 건 얼마나 멋진 일인지! 그와 그의 아이들 세릴, 짐, 제니가 우리 가족에게 정말 아름답고 완벽하게 조화를 이루는 걸 지켜보는 건 얼마나 굉장한 일인지 모릅니다. 그리고 물론 우리에게는 사랑스런 3명의 손자들이 더 생겼지요.

존경하는 형 번에게

저는 몇 년 간 형과 제가, 저의 친형제들과 보낸 시간보다도 더 많은 시간을 보냈다고 생각합니다. 그건 제가 성인이 된 이후 틀림없는 사실이지요. 형은 제 인생에서 중요한 역할을 해 주셨어요. 제가 이 분야에서 성공할 수 있을지 심각하게 고민하고 있을 때, 연설가로서의 저에 대한 형의 믿음은 수년 간 제가 지탱할 수 있는 힘이 되었습니다. 저와 기꺼이 함께 하고자 했던 형의 마음과 저에 대한 믿음은 항상 놀라운 것이었고 용기를 북돋아 주는 것이었어요.

형이 저를 처음 연설가로서 써 주었을 때가 생각납니다. 형은 저에게 정기적인 급료를 주었을 뿐 아니라 강연 장소에서 항상 저를 위해 2벌의 새 옷을 준비해 주었지요. 저는 정중하게 거절했지만, 형은 사람들이 자신을 혼동해서 지그 지글러로 생각하길 바랐기 때문에 제게 준 옷과 똑같은 옷을 형도 두 벌 마련했다고 얘기했을 때 가슴 뭉클했습니다. 형은 연설가로서 저의 활동이 쉽지 않을 거라는 것과 프로답게 옷을 입어야

한다는 걸 알고 있었지요. 하지만 형은 언제나 제가 형에게 호의를 베푸
는 사람처럼 느끼도록 만들었어요. 아, 그리고 형은 다른 일들도 해 주
었어요. 연이은 심각한 재정난에서 저의 자존심과 위엄을 지킬 수 있는
방식으로 저를 구해 주셨지요. 또 저와 함께 몇몇 사업상의 결정을 하기
위해 2번이나 댈러스로 날아왔고, 뉴욕에서는 중요한 문제를 위해 이틀
간 함께 있어 주었지요. 그 몇 년을 통해 저는 언제나 형이 제 곁에 있다
는 것을 알게 되었답니다. 곁에 있어 줘서 고마워요, 번 형.

동생 지그 올림

사랑의 선물

사랑하는 엄마, 아빠께

모든 것에 대해 정말 감사드려요, 엄마. 크리스마스는 정말 굉장했어요! 제가 받은 모든 것들을 너무나 사랑해요. 엄마에게 이 보다 더 많이 드리고 싶을 뿐이에요. 하지만 제가 선물을 사랑하는 건 아니에요. 저는 그 선물들을 주신 엄마를 사랑해요.

아빠, 아빠와 함께한 시간이 저에게 얼마나 많은 것을 의미하는지 모르실 거예요. 골프 여행은 제 삶에서 언제나 특별한 시간들이었어요. 저의 단 하나의 소망은 제 아이를 아빠와 같은 방식으로 키우는 거랍니다. 아빠가 저에게 주신 모든 것이 저는 좋아요. 코트와 돈, 그리고 아빠의 옷을 저도 입을 수 있도록 허락해 주신 것에 저는 정말 기뻤어요. 아빠가 그것들을 주실 때 제 기쁨을 더 잘 표현할 걸 하는 생각이 들어요. 제가 그 선물들에 대해 자주 생각한다는 것과 그 선물은 정말 최고였다는 것, 그리고 아빠에 대한 저의 사랑은 매시간 더욱더 커져 간다는 걸 알아 주시길 바래요.

엄마, 아빠를 언제나 사랑해요.

엄마, 아빠를 향한 저의 사랑과 함께 톰 올림

무엇과도 바꿀 수 없는 행복한 추억 이야기

별을 좋아하는 사람은 꿈이 많고, 눈을 좋아하는 사람은
순수하고, 비를 좋아하는 사람은 슬픈 추억이 많고, 꽃을
좋아하는 사람은 아름답고, 이 모든 것을 좋아하는 사람은
지금 사랑을 하고 있는 사람입니다.

—무명씨

작지만 위대한 영웅

내 아들 톰에게

오늘 나는 청중들 사이에 앉아 있다가 너희 교장 선생님의 연설 중에서 내 소개를 듣게 되었단다. 적어도 그건, 드물게 일어나는 일이었어. 처음에 난 그 분이 하고 있는 일에 당황했지만, 그 연설문이 내 마음에 와 닿았을 때 나는 의외의 감동을 받았지.

그 분은 이렇게 말씀하셨단다.

"오늘 저는 틀에서 벗어나려고 합니다. 여러분에게 우리의 강연자에 대해 많이 이야기하는 대신 저는 맨 끝 줄 뒤에서 두 번째 자리에 앉은, 6학년인 작은 소년에 대해 말할 것입니다. 그는 조용한 학생이지만 그만의 방식으로 지도력을 발휘하고 있습니다. 새로운 학생이 전학 오면 언제나 이 작은 소년은 그를 반기고, 팔을 둘러 끌어안고, 그로 하여금 반에 친구가 있다는 것을 알게 합니다. 만약 누군가가 그룹의 일부가 되지 못하면 이 소년은 그를 여러 활동에 끌어들이고, 자신이 그 과정의 중요한 일부라는 것을 느끼게 해 줍니다. 아주 최근에 한 급우에게 의사가 공을 잡기에는 시력이 너무 나빠 다칠 수도 있으니 공놀이를 해서는 안 된다고 말했답니다. 저는 학교 운동장을 내다보았고 우리의 작은 영웅이 이 소년과 공놀이하는 것을 보았습니다. 먼저 그는 단지 몇 미터만 떨어져서, 소년과 아주 가까이 서 있었습니다. 그 시력이 좋지 않은 학생의 자신감이 커질수록 그는 공을 잡을 수 있었고 우리의 영웅은 그 학생이 다른 소년들처럼 공을 잡을 수 있을 때까지 몇 발자국씩 물러났습니다. 그렇습니다. 우리의 영웅은 참으로 보기 드문 어린 소년이었습니다. 그리고 이 아침, 그의 아버지가 우리의 강연자입니다. 신사 숙녀 여러분, 지그 지글러 씨를 환영해 주십시오."

아들아, 어떤 아버지나 강연자도 이보다 더 좋은 소개를 받아 본 일이 없을 거란다. 너는 아마 기억하지 못하겠지만 이 아빠는 한동안 말을 할 수가 없었단다. 그래, 난 지금 톰 지글러의 아빠라는 것이 자랑스럽구나.

사랑하는 아빠가

잊을 수 없는 감동의 순간

세상의 새싹 키퍼에게

너는 2살 반밖에 되지 않았기 때문에 이 글을 읽기에는 너무 어린 것 같구나. 하지만 어린 너는 늘 우리에게 기쁨을 주었단다. 키퍼야, 지금 나는 네가 어떻게 그 이름을 갖게 되었는지를 설명하려고 한다.

낚시꾼들이 '월척'을 낚았을 때 이렇게 외친단다. "키퍼(keeper)다!"라고 말이지. 이 할아비가 너를 처음 봤을 때 나는 스스로에게 소리쳤단다. "이런, 키퍼다!" 그래서 네 이름이 탄생한 것이지. 나와 너의 할머니 그리고 너의 부모가 느꼈던 그때의 감정은 그 무엇과도 바꿀 수 없단다.

너는 할머니 그리고 나와 함께 지난 주말을 보냈지. 정말 즐거운 시간이었단다! 그 주말의 하이라이트는 분주했던 날의 — 키퍼 너에겐 하루하루가 모두 분주하지 — 다음날인 일요일 밤이었어. 너는 아주 상반된

두 가지 성격을 가지고 있었지. 흥분된 상태일 때 너는 거칠 것이 없었어. 속도를 늦추거나 멈추지도 않고 경계도 없이 말이야. 그저 전속력으로 돌진할 뿐이지. 그런데 네가 흥분을 멈춘 상태일 때는 정말 딴 판이었단다. 믿을 수 없게도 너는 2초가 채 안 되는 시간에 흥분된 상태에서 평온한 상태로 바뀌곤 했어.

그날 밤에 나는 너를 목욕시켰단다. 어린 네가 물을 튀기고 움직이고 웃는 것을 본다는 건 정말 행복한 일이지. 키퍼 너와 함께 있으면 욕조 안에서의 모든 일이 재미있단다. 그날 밤에 네 머리를 감기기 위해 너에게 "저를 위해 샤워기를 틀어 주시겠어요."라고 부탁하자 너는 웃으며 동의했지. 물이 네 머리에서 샴푸를 씻어 내는 동안 네가 숨을 참으며 웃는 것을 바라보며 얼마나 행복했었는지 모른단다.

너를 욕조에서 들어올려 수건으로 물기를 닦아 주고, 옷을 입혀 주었을 때 네가 나를 포옹하고 입맞춰 주었던 건 정말 잊을 수가 없구나!

키퍼야, 나는 네가 어떻게 그 이름을 갖게 되었는지 알고 싶어할 것 같았다. 그리고 네가 곁에 있다는 것이 얼마나 큰 즐거움인지 꼭 말해 주고 싶었단다.

사랑한다, 아가야!

사랑하는 할아버지가

가족이라는 이름의 위대한 힘

줄리에게

네가 기억하는 것처럼 1년 전 우리는 아만다의 행동에 대해, 특히 그녀의 짜증과 갑자기 토라지곤 하는 것에 대해 대화를 나누었잖니. 틀림없이 네가 기억하는 것처럼 너와 엄마 그리고 나는 그것에 대해 아주 진지하게 이야기를 나누었지. 그때 네 엄마는 아만다에 대해 몇 가지 사실을 날카롭게 꼬집었지. 그녀는 아만다가 왜 그렇게 화를 내며 그녀의 기분을 맞추는 것이 왜 그렇게 어려운지에 대해 몇 가지 이유를 지적해 냈어. 네 엄마는 아만다가 충분히 수면을 취하지 못하고, 또 설탕이 많이 들어간 영양가 낮은 식품들을 너무 많이 먹고 있는 게 문제라고 말했어. 그래서 네 엄마는 잠을 좀더 재우고 그런 음식들을 조금만 먹게 하는 게 좋을 것 같다고 제안했고, 너도 그것에 동의를 했지. 그래서 너는 적극적인 조치들을 취하기로 결심했고 곧 그렇게 했지.

줄리야, 내가 아만다의 이름을 '선샤인'으로 바꾸었던 것도 그런 이유에서였단다. 그 아이는 처음에는 싫다고 했지만, 그 제안을 좋아하게 되기까지는 한 주 정도밖에 걸리지 않았잖니. 요즘에 만약 내가 깜빡하고 그녀를 아만다 게일이라고 부르면 그녀는 "제 이름은 '선샤인'이라고요!"라며 외친단다.

무엇이 결정적인 요인이었는지는 나도 모르고 너와 네 엄마도 모를 것이라고 생각한다. 그저 우리의 노력으로 그녀의 식단을 바꾸고, 수면 시간을 늘리고, 이름을 긍정적인 것으로 바꾸었던 그 모든 것들이 변화에 한 몫을 했겠지.

줄리야, 나는 우리의 아이가 그답지 않은 행동을 할 때, 거기에는 우리 모두를 위한 가르침이 분명 존재한다고 생각한단다. 아마 우리는 탐구해야만 하겠지. 그것은 육체적인 것이거나 정서의 문제일 수 있어. 너와 선샤인을 정말 사랑한단다.

사랑하는 아빠가

감동을 주는 아름다운 가르침

우리 아이들에게

2년 전, 나는 진정으로 내 눈을 뜨게 하고, 아름다운 가르침을 안겨 준 절대 잊을 수 없는 경험을 했단다.

내가 했던 일 중 가장 멋진 하나는, 댈러스에서 4일 동안 열린 세미나 강연을 돕는 것이었다. 이 강연은 여러 분야에서 온 사람들이 들었단다. 강연의 마지막 날 나는 '모든 것을 다 갖춘' 특별한 강습생을 뽑아야 했고, 나는 즉시 시카고에서 온 아름다운 흑인 소녀를 선택했지. 그녀는 미의 여왕이었고, 슬쩍만 봐도 선택받은 사람이라는 걸 알 수 있을 정도였어. 그녀는 24살쯤 되어 보였고, 맑고 강한 아름다운 목소리를 가지고 있었지. 또한 아주 여성스러웠단다. 그녀는 대학을 졸업하고, 혼자서 100명이 넘는 고용인을 두고 일하는 매우 똑똑한 여성이었어. 또 품행이 단정한 사람이었고, 그 모든 것을 가진 것처럼 보였지.

토요일 오후 내가 강의를 마치고 수업이 끝났을 때, 그녀가 내게 몇 분만 시간을 내 달라고 부탁했어. 나는 물론 동의했고, 우리는 다른 강습생들이 우리의 얘기를 듣지 못할 만한 곳으로 옮겨 앉았지. 그녀는 나를 바라보며 말했어. "오늘 저는 제가 왜 이 강의에 나오기 위해 시카고에서부터 왔는지 알아냈어요. 선생님의 마지막 강연은 저를 위한 것이라는 걸 깨달았거든요." 그리고 그녀는 평정을 잃기 시작하더니 어느새 눈에는 눈물이 가득 고였단다. 그녀는 잠시 멈췄다가 계속 말했어. "선생님은 제가 중요하고 의미 있는 존재이며, 특별하고, 삶의 목표들을 성취할 수 있을 거라고 말씀해 주신 첫 번째 사람이에요. 제가 선생님의 관심에 깊이 감사하고 있다는 걸 알아 주시길 바래요." 그리고 그녀는 눈물을 떨구었다.

이 경험은 내 눈을 다시 뜨게 했고, 여기서 얻은 교훈은 아주 소중한 것이라 나는 너희들도 잊지 않기를 바란단다. 나는 그날 이후부터, 앞으로 내가 사람을 상대할 때에는 그 사람에게 어떤 아픔이 있을 것인가 배려하며, 그에 따라 그를 대할 것이라고 결심했단다. 한마디 격려의 말이라도 제대로 쓰여져야 하며, 그것이 그 말을 듣는 사람으로 하여금 인생이라는 도로에서 보다 더 잘 갈 수 있도록 도울 것이기 때문이란다. 나는 너희들도 이 같은 방식으로 사람들을 대하길 바란단다.

사랑하는 아빠가

사랑하는 이의 웃음소리

내 사랑 당신에게

　나는 홀리 레이크에 있는 우리 집(달콤한 보금자리) 바로 바깥에 있는 내 작은 '까마귀 둥지'에 앉아 있소. 나는 방금 부엌문으로부터 새어 나와 내가 앉아 있는 곳까지 올라온 당신의 아름다운 웃음소리를 들었다오. 지금 나는 가족에 대한 글을 쓰고 있기 때문에, 세상에서 가장 아름다운 소리 중 하나인 사랑하는 이의 웃음소리에 대해 말하는 것이 정말 잘 어울리는 일이라고 생각했소. 진, 당신은 당신의 남동생과 두 자매들처럼 정말 아름다운 웃음소리를 가지고 있지만, 솔직히 말하면 그 누구도 당신의 어머니와 똑같이 웃지는 못할 거요. 그녀의 웃음은 음악 같은 행복이 담겨 있는, 세상에서 가장 감동적인 아름다운 소리였으니 말이오.

　내 가족의 모든 웃음이 가지고 있는 깊이와 행복은 참으로 놀라운 것이라오. 그 모든 웃음들은 마음과 영혼의 깊은 곳으로부터 나오는 듯하오. 당신이 기쁜 일이나 우스운 일에 들떠서 웃을 때 그 웃음이 기쁨이나 반가움, 함께 하는 데서 나오는 웃음이라는 것은 한층 더 아름다운 사실이라오. 당신은 다른 이들을 향해 웃지 않고, 언제나 다른 이들과 함께 웃는다오.

진, 우리들이 웃을 일이 많다는 것에 감사하오. 나는 건강하고, 또한 사랑하는 가족과 함께 하는 사람들이라면 누구나 웃을 일이 많다고 확신한다오.

진, 우리가 가지고 있는 것에 감사하고 더 많이 웃을 수 있는 하루하루를 만들도록 노력합시다.

당신을 사랑하는 남편으로부터

사랑하는 마음을 모두 모아

사랑하는 손녀 키퍼에게

　네가 이 편지를 읽을 수 있을 때까지는 몇 년이 걸리겠지. 하지만 네가 조금 더 자라면 엄마 아빠가 이 편지를 네게 읽어 줄 것이고, 그후에는 너 혼자서도 읽게 될 거야. 그래서 언젠가 읽게 될 너를 위해 우리가 얼마나 너를 사랑했는지 이렇게 글로 남긴단다.

　바로 지금 우리는 우리의 손녀딸인 너와 유쾌한 시간을 보내고 있단다. 너는 막 걸음마를 시작했는데, 매일매일 너는 더 빨라지고 더 멀리 가는구나.

　우리가 너를 잡으려고 장난을 치면, 너는 내 추격으로부터 있는 힘껏 저멀리 도망을 친단다. 키퍼야, 네가 더 커서 이 글을 읽고 이해할 수 있게 될 때, 내가 널 한걸음에 잡을 수도 있었다는 걸 알게 되겠지. 하지만 그건 재미없잖니. 그렇지 않니? 그래서 나는 돌고 돌며 너를 쫓은 후에야 잡는단다. 그리고 너를 들어올려 입맞추고 같이 놀지. 나는 또 네게 말을 가르쳐 주며 멋진 시간을 보낸단다. 키퍼야, 너를 정말 사랑한단다.

할아버지가

멋진 두 살, 굉장한 세 살

선샤인에게

　내가 여행에서 돌아왔을 때, 네가 너의 엄마와 함께 서재 반대편에 앉아 있던 그날을 절대 잊지 못할 것 같구나. 너는 고개를 들어 나를 쳐다보고는 소리쳤지. "할아버지다!" 내게 달려오는 너를 보면서 특히나 아름답고 긴 금발의 너를 주의 깊게 보지 않을 수 없었단다. 앞으로 많은 사람의 마음을 빼앗아 버릴 것 같은 밝은 파란색의 눈동자와 누구나 부러워할 멋진 너의 성격, 그리고 아인슈타인도 부러워했을 영리함! (너와 관련된 한, 편견 없이 사실을 밝히는 내 솔직함에 너의 엄마, 아빠, 할머니가 매우 감탄하고 있다고 나는 자신할 수 있단다.) 나는 너를 들어올렸고, 너는 나를 포옹하고 입맞춘 다음 뒤로 물러나 내 눈을 똑바로 쳐다보며 말했지. "나, 할아버지 사랑해!"

나는 누군가가 이렇게 멋진 작은 소녀를 '미운 두 살' 중의 하나라고
감히 말하는 걸 상상할 수가 없단다. 너는 그때 두 살이었고, 착하고 예
의 바른 '멋진 두 살' 이었어. 후에 너는 '굉장한 세 살' 이 되었고, 그 다
음 '환상적인 네 살', '놀라운 다섯 살', '아주 훌륭한 여섯 살' 이 되었지.
지금 너는 '대단한 일곱 살' 이고 '위대한 여덟 살' 이 되어 가는 중이야.
　네가 자라는 이 몇 년 간을 지켜보는 건 멋지고 보람된 일이었다. 해
마다 우리 모두가 너의 인생에 대해 이런 긍정적인 생각을 계속한다면,
네가 살면서 더 좋은 기회들을 만날 수 있게 될 것이라는 걸 나는 알고
있단다. 성경에 이런 말이 있지. '뿌린 대로 거둔다.'
　아가야, 네가 나를 사랑해서 기쁘단다. 그리고 나도 너를 정말로 사랑
한단다!

널 사랑하는 할아버지가

힘든 시간이 있기에 소중한 당신

사랑하는 당신에게

　오늘밤은 교회에서 저녁 예배를 드렸소. 목사단이 재미있게 개회를 하고, 그 중 한 사람이 멋진 진행을 하여 예배는 아름답고 영적으로 충만한 음악이 되었다오. 그리고는 바바라 로가 그녀만이 할 수 있는 멋진 목소리로 『내 영혼의 평화』를 불렀소. 나는 그녀가 자신의 숭고한 목소리를 높일 때, 아주 자연스럽게 천국에 조금 더 가까이 간 것처럼 느낀다오.

　목사님의 말씀은 오늘밤 특히 더 감동적이고 마음에 와 닿았는데, 그는 우리 주님이 흘린 피와 주님의 고난이 매우 특별한 의미를 갖고 있다는 것에 대해 말씀하셨소. 그 모든 것에 대해 나는 당신에게 감사하오. 수없이 말했듯이, 나는 산꼭대기나 골짜기에 있을 때 특히 당신과 함께 있고 싶소. 당신의 손을 잡을 수 있다는 것만으로도 정말 멋진 일이기 때문이오. 나는 언제나 당신과 함께 있다는 것이 즐겁지만 특히 오늘밤 같은 때는 더욱 그렇소. 알다시피, 나는 당신이 함께 하지 않으면 교외에 나갔을 때도 구경하러 가지 않고, 긴 저녁 약속을 하지도 않소. 아무리 아름다운 곳이라도 당신과 함께 하지 않는다면 즐겁지 않다오.

얼마 전 누군가가 인생에서 행복은 무엇이냐고 물었고, 나는 "그녀와 결혼한 것이지요."라고 대답했소. 사실, 나는 행복 이상의 것과 결혼을 했소. 나는 재미와 평화, 사랑, 나에게 완벽하게 꼭 맞는 생활과 결혼을 한 거라오.

어려움이 없는 정상에서 당신을 사랑하는 것만큼, 아니 힘든 순간일수록 정상에 있을 때보다 나는 더욱더 당신을 사랑하오. 많은 고난과 시련을 겪지는 않았지만 내가 힘든 순간에 언제나 당신이 나와 함께 해주길 원한다오. 당신도 알 듯이 나는 힘든 상황에 처했을 때 많은 말을 원하지 않소. 그저 조용히 따뜻한 당신의 마음을, 당신과의 시간을 원할 뿐이오. 내가 당신을 필요로 한다는 것과 당신이 내게 주는 지지가 내 삶에 그토록 큰 의미를 주는 건 바로 그러한 때라오. 진정한 사랑은 서로가 필요로 할 때 함께 하는 것이라고 생각하오. 그것이 정상에서 함께 하는 걸 뜻하든, 아니면 내가 시련과 고난 속에서 나올 수 있도록 돕는 것을 뜻하든 간에 당신은 그런 내 모든 요구를 채워 주는 사람이라오. 내 곁에 있는 당신에게 항상 감사하오.

당신의 영원한 사랑 지그

작은 사고가 불러오는 큰 가족애

사랑하는 딸에게

　네 소유의 첫 번째 차가 새것이었다는 걸 기억하니? 그건 폴크스바겐이었지. 나는 네가 그 작은 차를 타고 얼마나 이곳저곳을 다녔는지, 그리고 그걸 얼마나 즐겼는지 너무나 잘 알고 있단다. 하지만 어느 날 너는 사고를 당해 병원으로 실려 갔지.

　네가 무사하고 어떤 심각한 문제도 없다는 애길 들었지만 응급실에서 널 보았을 때 나는 감정을 자제할 수가 없었단다. 혼란스러운 많은 생각들이 내 마음에서 넘쳐 났지. 네가 무사하다는 사실은 위안이 되었지만 드러나지 않은 상처들에 대한 공포가 너무 컸기 때문이란다.

　짧은 순간에 너와 함께 했던 많은 장면들을 되돌아보았단다. 네가 우리에게 왔을 때의 기쁨에 대해, 그리고 너의 탄생 소식이 독특하게 전해

졌던 것에 대해 말이다. 작은 간호사가 들어오더니 우리에게 남자 아기가 생겼고, 너와 네 엄마가 무사하다고 전했지. 나는 주체할 수 없는 기쁨에 너의 할머니에게 전화를 하고 있었는데, 그때 그 작은 간호사가 무서운 기세로 달려오더니 "아니에요, 딸이에요!"라고 다시 말했단다. 나는 그녀에게 그게 무슨 차이가 있냐고 웃으며 말했지. 나는 네가 자라는 걸 지켜보았던 기쁨과 어린 시절 너의 성장 모습을 보며 느낀 흥분에 대해 생각했단다.

한편 이런 것들과 다른 많은 생각들 또한 내 마음에 넘쳐 났단다. 그사고로, 나는 삶이란 건 정말 불확실하다는 걸 절감했단다. 네가 조금만 빨리 달렸더라면, 아니면 상황이 조금만 달랐더라면, 내가 그토록 사랑했던 나의 아름다운 딸이 없어져 버릴 수도 있었겠구나 하는 생각이 스쳐 갔고, 이 모든 생각들이 마음을 불안하게 했단다. 하지만 네가 정말로 괜찮다는 것을 확인했을 때는 안도감에 기쁨의 눈물이 펑펑 쏟아졌지. 그런 나를 보며 너도 엉엉 울고 있었지. 사랑하는 딸아, 나는 그것이 우리가 서로를 사랑한다는 걸 말해 준다고 생각한단다.

사랑하는 아빠가

행복한 마음으로 하는 포옹

사랑하는 당신에게

때때로 우리 모두는 작은 친절이나 친밀한 행동이 누군가에게 줄 수 있는 영향에 대해 잘 인식하지 못하는 것 같소. 당신이 세미나에 참석했던 테미 존슨에게 받은 편지는 내가 말하고 있는 것의 고전적인 사례라오. 그녀는 그 4일 동안의 경험에서 돌아와 당신에게 이런 편지를 썼지.

지글러 부인께

모르고 계시겠지만 당신은 제 인생을 바꾸셨어요! 당신을 만나기 전 저는 조심스러운 사람이었지요. 아주아주 가까운 사람을 제외하곤 절대 포옹하지 않았어요. 저는 아이를 가질 수 없습니다.

믿지 않으실지도 모르겠지만, 그런 이유에서였는지 저는 아이들을
포옹해 본 적도 없고, 아기들에게 부드러운 키스 대신 뻣뻣하게 키
스했었지요. 하지만 지금 전 따뜻하고, 행복한 마음으로 다른 사람
들을 포옹할 수 있게 되었어요!

당신이 제게 어떻게 하는지를 보여 주신 덕분이에요. 제가 이렇
게 다른 사람을 따뜻하게 안을 수 있게 된 것은 겨우 일주일 전이
지만, 저는 완전히 새로운 사람이 된 것처럼 느껴진답니다. 정말
감사드려요. 그 세미나는 굉장했어요! 저는 새로워졌답니다!

사랑을 담아, 테미 존슨

테미는 아름다운 생각을 정말로 아름답게 표현해 주었지. 어떤 이들
에게 포옹은 작은 일일 수도 있겠지만 이 작은 일이 인생에 중대한 영향
을 줄 수도 있을 거라오. 자신의 가슴속에 사랑을 담고 있을 때 비로소
다른 사람을 도울 수 있기 때문이오.

나는 당신이 그녀의 삶에 중요한 역할을 했다는 사실에 기뻐하고 있
다는 걸 알고 있소. 내 사랑, 그것이 내가 너무나 당신을 사랑하고 있는
이유 중 하나요. 당신이 깨닫든 그렇지 못하든, 당신은 많은 사람들의
삶에 중요한 역할을 하는 작은 일들을 하고 있소.

당신의 남편 지그

서로를 소중히 여기고 존중하는 마음

사랑하는 가족에게

우리는 댈러스에서 열린 4일 동안의 세미나에서 정말 멋진 경험을 했지. 이 세미나에는 말레이시아에서 온 직장인, 호주에서 온 판매 직원, 동부 테네시에서 온 원예가, 그리고 댈러스에서 온 젊은이가 있었어. 다른 많은 사람들도 있었지만 이 4명이 수강생 전체에게 영향을 준 주인공들이지. 우리 세미나는 많은 사람들의 수업 참여를 포함하고 있었어. 때때로 다양한 수강생들은 개인적인 경험이나 그들이 배운 교훈을 공유하지. 각 수강생이 경험을 발표하면 다른 수강생들은 종이에 발표자의 장점들과 그 발표에서 좋았던 점에 대해 쓴단다. 우리는 그것들을 '나는 좋아한다. 왜냐하면' 메모라고 부르지. 즉 '나는 조 존슨을 좋아한다. 왜냐하면 그는 매력적이고, 친절하고, 꾸밈없고, 사람들을 정말 사랑하기 때문이다.' 같은 메모를 하는 것이지. 수강생들이 3번이나 4번의 발표를 하고 나면, 한움큼의 '나는 좋아한다. 왜냐하면' 메모들과 함께 그 주가 끝나게 돼. 그리고 그 메모들은 세미나 후 몇 달 동안 추진력을 주는 물건으로 쓰이지. 또한 각 수강생들은 다른 사람들의 장점을 찾는 능력을 키우게 되지. 그 반응들과 결과는 정말로 엄청났단다.

테네시에서 온 그 원예가는 자신의 직업에서 성공적인 사람이었어. 하지만 글을 읽거나 쓸 줄 몰랐단다. 그의 아내가 그 전에 우리에게 이 사실을 이야기했고, 그래서 우리는 그가 오직 개인적인 경험들만을 발표하도록 하자고 약속했지.

세 번째 날, 그는 일어나 발표를 하기 시작했어. "저는 제가 얼마나 이 '나는 좋아한다. 왜냐하면' 메모들에 감사하고 있는지 여러분 모두가 알길 원합니다. 그것들은 제가 받아 보았던 그 어떤 것보다 저를 격려해 주었고, 그런 이유로 저는 여러분 모두를 사랑합니다. 저도 여러분께 '나는 좋아한다. 왜냐하면' 메모를 얼마나 적어 드리고 싶은지 모릅니다. 하지만 저는 할 수가 없습니다." 그 순간 그는 울음을 터뜨렸지만 계속 말했단다. "보세요, 저는 읽을 줄도 쓸 줄도 모릅니다. 그래서 제 아내가 여러분들이 적어 준 모든 좋은 이야기들을 제게 읽어 주고 있었던 것입니다."

다시 그는 울음을 터뜨렸고, 그때 말레이시아에서 온 직장인과 호주에서 온 판매 사원, 그리고 댈러스에서 온 젊은이가 동시에 자리에서 벌떡 일어나서 교실 앞쪽으로 달려가 그를 껴안고 모두 아기들처럼 울었단

단다. 그러자 온 수강생들이 자연스럽게 기립 박수를 보냈지. 교실안에
는 눈물을 흘리지 않은 사람이 없었단다. 이 4명의 사람은 모든 인류를
대변하는 듯 했어. 세 가지의 다른 종교와 다른 성별, 다른 세 나라 그
리고 지성과 직업 성취에 있어서의 엄청난 차이를 가지고 있는 사람들
이었지만, 그들은 서로를 알게 되자 서로를 진실로 사랑했고 소중히 생
각했단다.

사랑하는 아빠가

흥미로운 인생

톰에게

　네가 어젯밤처럼 열정적이었던 모습을 본 적이 없는 것 같구나. 교회에서 농구 게임을 하고 돌아왔을 때 너는 거칠 것이 없어 보였고, 전속력으로 질주하는 듯이 보였어. 비록 너의 팀이 졌지만 네가 가진 그 열정은 정말 믿을 수 없이 놀라웠단다. 너는 팀의 일부였고, 좋은 사람들과 함께 좋은 시간을 보냈다고 했어.

　돌이켜보면, 그 모든 대화를 기록할 녹음기가 없었다는 게 참 안타까울 뿐이다. 너도 기억하겠지만, 네가 집에 왔을 때 엄마와 나는 뉴스를 보고 있었고, 내 친구로부터 전화가 왔지. 너는 친구와 통화가 끝난 뒤 나와 한 10분 정도 이야기했고, 그후 나는 여행에 필요한 짐을 싸야만 했기에 자리에서 일어서려고 했지.

내가 막 일어서려고 할 때 너는 나를 바라보고 미소지으며 말했어. "잠시만 앉아 계세요, 아빠." 그래서 나는 다시 자리에 앉았지. 너는 그 저녁에 있었던 모든 일들에 대해 계속 내게 말했어. 학교에서 배웠던 것들, 아주 멋진 사람인 선생님으로부터 배운 것들이 얼마나 자신을 흥분시키는지에 대해 말야.

그 다음 너는 이번 년도의 자습시간 동안 1학년생들의 체육 수업을 지도하기 위한 계획들에 대해 이야기했지. 또 너와 네 친구가 신입생을 위한 교육 수업을 시작하는 계획을 어떻게 세우고 있는지를 얘기했단다. 너는 7이나 8명과 함께 네가 수업에서 배운 내용을 함께 나눈다는 계획을 세웠다고 했지.

그러다 이야기가 길어지자 내가 말했지. "아들아, 나는 너무 늦기 전에 내일을 위해 짐을 싸야 한단다." 하지만 그건 너를 조금도 위축시키지 못했어. 너는 함께 일어나서 따라 들어왔고, 내가 짐을 싸는 동안에도 너는 멈추지 않았어. 나는 몇 번이나 내 사무실로 돌아가야 했고, 한 번은 서재에도 들어가야 했지만 너는 수다쟁이처럼 떠들며 나를 계속 따라다녔단다. 나는 너의 말을 들으면서 짐 싸는 걸 마쳤지.

물론 나는 잘 듣고 있었어. 네가 이야기하고 있는 것에 정말로 관심이 있었고 재미있었기 때문이지. 그러나 결국 나는 말해야만 했어. "아들아, 너의 열정적인 모습을 보니 기쁘구나. 하지만 나는 내일 아침 6시에 일어나야 하고 이틀 동안 힘든 여행을 해야 한단다. 그러니 이만 자야겠구나."

그러자 너는 상냥하게 웃으며 말했어. "좋아요, 아빠. 하지만 저는 너무 흥분돼 있어서 잘 수 있을지 모르겠어요."

전반적으로 우리는 멋진 저녁을 보냈구나. 나도 들떠 있었단다, 아들아. 아마 너의 흥분과 우리가 자유롭고 숨김없이 이야기했다는 사실 때문이겠지.

사랑하는 아빠가

세발자전거가 건네 준 사랑이라는 말

톰, 보아라

　네가 어렸을 때, 엄마 아빠는 너에게 세발자전거를 사 주었단다. 조립되지 않은 것으로 말이지. 하지만 그게 큰 실수였단다. 아들아, 이제 너는 18살이고, 이 아빠가 전구를 돌리는 것을 넘어서 기계 조작하는 일 같은 걸 정말 싫어한다는 걸 알고 있겠지. 나는 그걸 싫어할 뿐더러 실제로 몹시 서툴고, 조작이 잘 되지 않을 때는 참을성마저 부족하지.

　그 세발자전거의 경우 나는 그것을 조립하기 위해 정말로 고군분투했단다. 그래서 결국 몇 개의 부분을 맞췄지만, 거꾸로 붙이고 말았단다. 나는 좀 화가 나서 투덜대고 있었고, 온몸에서 땀이 나고 있었지. 그런 내 옆에 너는 조용히 희망과 기대에 찬 얼굴로 앉아 있었단다. 내가 막 포기하려던 — 적어도 잠시 동안 — 바로 그 순간 너는 나를 똑바로 쳐다보며 말했어. "아빠, 나는 정말 아빠를 사랑해요." 그래, 말할 필요도 없이 이 아빠는 끙끙대며 다시 자전거를 조립하기 위해 매달렸고, 결국 그 세발자전거의 조립을 끝냈단다.

그 일 이후로 나는 "당신을 사랑합니다."라는 말의 마술에 대해 많이 생각한단다. 만약 우리가 세상의 모든 사람들에게 서로를 정말 소중히 하는 것과 이 세 마디의 아름다운 말로 그 소중한 마음을 표현하는 것의 중요성에 대해 가르쳐 줄 수 있다면 인생은 얼마나 멋질까. 그렇게 할 수 있다면 훨씬 더 많은 사람들이 세발자전거를 조립할 수 있게 될 수 있을 뿐만 아니라 그들의 삶을 더 의미 있게 만들 수 있을 텐데.

사랑한다, 톰!

사랑하는 아빠가

90Kg의 남자 대 170g의 다람쥐

줄리에게

　네가 주말에 이야기 해 주기 전까지, 어떻게 그럴 수 있었는지 모르겠지만, 나는 그 일을 대부분 잊고 있었단다. 네 다람쥐가 밖으로 나가서 사우스캐롤라이나 콜롬비아의 우리 집 뒤뜰을 온통 뛰어다니던 그 일을 말이다. 어찌된 일인지, 지금까지도 나는 내가 어떻게 잡았는지 정확히 모르겠구나.

　다람쥐를 찾는 그 2분은 내 인생에서 가장 고통스러운 2분이었단다. 90Kg의 남자가 170g 남짓한 다람쥐를 쫓아 온 뜰을 돌아다녔지. 그리고 마침내 그것을 붙잡았을 때 어찌나 그것을 없애 버리고 싶었던지! 그 조그만 동물은 내 손가락 끝을 죽을 힘을 다해 덥석 물고는 놓지 않았단다. 그때 내가 정말로 원했던 건 그 다람쥐를 던져 버리고, 개의 먹이나 아니면 햄버거 고기로라도 써 버렸으면 하는 거였어. 간단히 말하자면, 나는 그것을 없애 버리고 싶은 마음뿐이었단다.

그런데 그때 나는 너의 얼굴을 보게 되었지. 그리고 너의 두 눈과 그 눈들이 말하고자 하는 것들이 내 마음을 누그러뜨렸단다. 한마디 말도 하지 않았지만 너는 내게 네가 얼마나 나를 사랑하는지를, 하지만 동시에 그 작은 다람쥐도 사랑하고 있다는 것을 말하고 있었지. 그리고 "아빠, 아빠가 할 수 있는 일이 있다면 그건 내 다람쥐를 구해 주시는 거예요. 그건 정말 멋질 거예요, 아빠!"라고. 하지만 너는 또한 이렇게 말하고 있는 것도 같았어. "아빠가 할 수 없다면 이해할게요. 하지만 아빠, 전 아빠가 할 수 있길 바래요. 그리고 저는 아빠가 할 수 있다고 믿어요."

말할 필요도 없이, 나는 그 작은 짐승을 손가락으로부터 떼어 내 시리얼 상자에 넣어 버렸지. 그때는 고통이 다소 가라앉아 있었단다. 지금 생각해 보면 나름대로 그 일도 추억으로 생각되는구나. 이틀 후에 손가락이 붓고 검게 변해 의사가 내 고통스러운 기억을 상기시켰지만, 너의 눈과 그것이 표현하려고 했던 것들은 내가 겪었던 몇 분 동안의 고통과 상처의 시간에 대한 충분한 보상이 되었단다. 사실 생각해 보면, 그 작은 다람쥐는 데리고 있기에 재미난 것이더구나! 줄리야, 너를 정말 사랑한단다.

아빠가

아빠를 위한 선물

줄리에게

네가 잘 아는 것처럼 우리 가족들은, 아빠는 무엇을 선물하기에는 너무 완강한 사람이라고 생각하고 있단다. 나 또한 그러한 생각에 동의를 했지.

하나님께서는 내가 필요로 하는 것보다 훨씬 더 많은 것들을 주셨기 때문에 필요한 것이 거의 없었단다. 그렇기 때문에, 크리스마스부터 아버지의 날(6월의 3번째 일요일—역주)에 이르는 특별한 날마다 너와 너희 남매들이 내게 뭘 가지고 싶으냐고 물으면 나는 항상 이렇게 답했었지. "얼린 수박이면 됐다."

분명히, 나는 얼린 수박을 갖길 기대했던 적은 없단다. 그래서 그러한 특별한 절기에 네가 뭔가를 질질 끌면서 들어올 때면 놀라워했고 또 기뻐했지.

　나는 가끔 '이 작은 아이가 아니면, 이 세상에서 내가 기대하지도 않았던 일을 누가 해 줄 것인가.' 하고 생각한단다.

사랑하는 아빠가

사랑과 감사에 대한 선물

수지에게

  그때를 기억하리라 생각한단다. 네가 사우스캐롤라이나 주 콜롬비아의 드레허 고등학교를 갓 졸업했던 바로 그날 밤이었지. 그때 아빠는 순회 강연 중이었고, 너에게 차를 사 주기로 약속했었지. 나는 조지아 주 애틀랜타에서 네가 원하던 그런 차를 찾아냈어. 그건 GTO 폰티악이었고, 당시 10대들이 많이 타는 '10대용' 차였지. 나는 그 차를 보고 좋아할 너를 생각하며, 애틀랜타에서 자정이 넘어 회의가 끝났음에도 그 차를 몰고 집으로 향했지. 애야, 너도 알다시피 나는 긴 여행의 운전에 늘 졸리워하잖니. 그런데 그날은 특히 더 피곤했단다. 길가에 차를 세워 놓고 잠깐씩 눈을 붙이는 사이사이, 애틀랜타로부터 콜롬비아까지 300Km를 넘게 운전하면서 내 평생 그렇게 잠과 싸워 본 적은 없는 것 같구나.

오전 5시 45분쯤에 집 앞에 도착했을 때 나는 내 예쁜 딸이 펄쩍펄쩍 뛰면서 박수를 치고 비명을 지르는, 오직 기뻐 날뛰는 10대만이 할 수 있는 그 모든 야단법석을 봐야 했지. 차 밖으로 나온 나에게 네가 사랑과 애정을 표시하며 껴안고 수없이 입맞췄을 때, 내 눈은 크게 떠졌고 모든 졸음과 피곤이 싹 가셨단다.

애야, 사랑과 감사가 우리에게 해 줄 수 있는 것들이 놀랍지 않니? 사랑과 감사 — 자주 느끼기는 하지만 드러내기엔 꺼려지는 — 를 표현하지 않는다는 건 부끄러운 일이 아닐까? 애야, 너를 정말 사랑한단다.

아빠가

사랑의 표현

신디에게

너의 편지 고맙게 잘 받았다. 예쁜 딸로부터 온 편지는 언제나 기분을 좋게 만들어 주곤 한단다.

우리 부모들 — 그리고 이런 일에 있어서는 아이들도 — 은 가끔 너무나 많은 것들을 당연한 것으로 여기곤 한단다. 그렇지 않니?

그 편지에서 너는 몇 가지 멋진 말들을 했지만, 그 중에서 감동적으로 기억에 남는 말은 내가 가족들 모두에게, 특히 너의 엄마에게 가지고 있는 사랑에 대한 감사의 표현이었단다.

너희 남매가 그런 이야기를 여러 번 했었지만, 네 편지로 인해 부모가 서로를 사랑하고 그 사랑을 표현하는 일이 얼마나 중요한 것인가에 대해 정말 다시 생각하게 됐단다. 부모가 보여 주는 서로에 대한 사랑 표현은 아이들에게 안도감을 주고, 그것이 엄마와 아빠가 정말로 서로 사랑하고 있고, 그들의 문제들을 잘 풀어 나갈 것이라는 것을 알도록 하기 때문이지. 이로 인해 부모들은 기쁨을 얻게 되고 동시에 그들의 아이들은 애정이 넘치고 안정된 분위기에서 자랄 수 있게 된단다.

그런 면에서 나는 두 배로 행운아인 것 같구나. 네 엄마를 사랑하게 되는 건 너무도 자연스러운 일이기 때문이지. 그녀를 사랑하는 일은 아주 쉽거든! 하지만 그 사랑을 표현하고, 그녀를 당연히 옆에 있는 사람으로 여겨 소홀히 하지 않도록 하는 것은 많은 배려와 조심스러움을 요구한단다. 예쁜 딸이 가끔씩 전해 주는 잊지 말라는 메모는 물론이고 말이다.

사랑하는 아빠가

누구나 늘 곁에 있기를 바라는 수호천사

수지에게

　너도 알다시피 엄마와 아빠는 너희 남매를 기르는 데 있어 좀 구식의 생각들을 가지고 있었단다. 우리는 언제나 네가 어디에 있는지 무엇을 하는지 알기를 원했지. 우리는 혹시라도 물이나 높은 곳에서 그리고 거리에서 잘못되지는 않을까 하는 너의 안전에 대해 매우 걱정이 많았단다. 그래서 안전을 위해 지켜야만 하는 몇 가지 엄격한 지침들을 정했지. 그것은 너희가 한 순간도 차도에 나가 있어서는 안 된다는 것을 뜻했어.

　사우스캐롤라이나 플로렌스에서의 어느 날, 네가 2살쯤 되었을 때 우리는 너를 잃어버렸단다. 나는 너를 찾아 거리를 헤매 다녔지. 하지만 너는 어디에서도 보이지 않았어. 잠시 후 내가 다른 방향으로 돌아보았을 때 그곳에 네가 있었단다. 복잡한 아주 복잡한 도로를 건너 한 블록 조금 넘게 떨어진 곳에 말이다. 나는 내 차를 향해 미친 듯이 뛰어가서 최대한 빨리 차를 출발시켰고, 급브레이크를 밟아 차를 정지시킨 후 거의 튕겨 나가다시피 해서 너를 안아 주었단다. 수잔, 지금은 너도 엄마가 됐으니까 부모들이 가끔 아이들이 말을 듣지 않을 때 벌을 준다는 걸 알겠지. 하지만 그날, 우리는 너에게 벌을 줄 수 없었단다. 내 아이가 몹시 붐비는 도로를 건너고도 아무런 사고 없이 집으로 돌아올 수 있었던 것에 대한 감사의 눈물만 흘렸단다. 그저 너의 무사함에 감사할 뿐이었지.

만약 그때 네가 다치기라도 했다면 엄마 아빠는 너무도 힘든 나날을 보냈을 거다. 지금 그때를 생각하면 아찔하기도 하지만 너를 보살펴 준 수호천사가 있었을 거라는 생각을 하니 기쁘기 그지없단다.

널 사랑하는 아빠가

아이의 행동을 예측하기란

내 귀여운 아이에게

　벌어지는 많은 일들을 예측하기란 쉬운 일이 아니지만, 작은 소녀에 불과한 네가 식당 앞에 늘어선 줄의 끝에 도착했을 때 나는 네가 무엇을 할지 예상할 수가 있었단다. 너의 두 언니는 물론, 엄마와 나도 네가 가장 예쁘고 화려한 모양의 디저트를 고를 줄 알았단다. 만약 초록이나 분홍색이 들어간 케이크 조각이 있었다면, 넌 분명 그것을 골랐겠지.

　물론, 삶 그 자체는 너무나 예측 불가능한 것이라 많은 일들을 미리 말할 순 없단다. 하지만 네가 디저트를 고르는 과정은 우리 모두가 예측할 수 있는 독특하고도 특별한 순간이란다. 네가 줄 끝에 도착해서 디저트 고르는 시간이 돌아왔을 때, 우리의 '작고 귀여운 아이'가 무엇을 하려고 하는지 알고 있다는 것은 우리를 매우 유쾌하게 해 주는 일이란다.

그냥 스쳐지나는 작은 일인지 모르지만, 그것은 우리에게 너를 너무나
특별한 소녀로 만들어 주는 일 중 하나란다.
　아가, 너를 정말 사랑한다.

사랑하는 아빠가

보여줄 수 있는 사랑의 방법들

신디에게

　가끔 아이들이 그들의 아빠에게 사랑한다는 표현을 하기 위해 노력하는 모습을 보면 정말 놀라운 생각이 든단다. 사랑한다는 말을 표현하기 위한 많은 방법들이 있지만, 너는 그 중에서도 좀더 힘든 방법을 택했지.

　내가 산호세에서 강연하고 있을 때, 너는 1년에 2~3번 정도 나와 뛸 수 있는 시간을 만들기 위해 조깅을 시작했고, 그때 나는 너의 노력에 정말 감동 받았단다.

　애야, 이 늙은 아빠는 물론 네가 조깅을 하는 게 너의 건강을 위해서도 굉장히 좋다고 생각한다. 하지만 1년에 겨우 몇 번 나와 조깅을 하기 위해 1년 열두 달을 뛴다는 것은 진정한 희생으로 평가되어야 할 일인 것 같구나.

만약 더 많은 부모들과 아이들이 서로에 대한 사랑과 애정을 보여 주
기 위해 나선다면 세상은 훨씬 더 살기 좋은 곳이 될 텐데 말이다.
아가야, 항상 건강하고 행복하길 바란다.
너를 정말 사랑한다!

아빠가

할아버지 할머니가 곁에 있다는 것

선샤인에게

4살짜리 작은 꼬마 아이인 너와 조깅 동료를 하는 게 이 할아비는 참 좋단다! 보통 우리는 의욕에 넘쳐 출발하지만 수백 걸음쯤 뛰고 난 후에 너는 걷기로 결심하지. 거기서부터 아주 재미있어진단다.

네가 거의 매번 말하길, "할아버지, 우리는 길 한쪽으로만 가야지요, 그쵸?" 그러면 물론 나는 "맞아!"라고 맞장구를 치지. 그럼 너는 다시 말하지. "차들이 나타나서 우리를 칠까 봐 그러는 거지요, 그쵸?" 그럼 또 다시 나는 "맞아!"라고 확인해 주지. 그렇게 가는 내내 너는 내게 "맞아!"라는 확인을 구한단다.

또 너는 매번 작은 문제들을 일으켜서 내가 너를 한동안 안고 갈 수밖에 없게 만들지. 그러나 그게 모두 나쁘진 않단다. 왜냐하면 너를 안고 가면 너와 더 얘기를 잘할 수 있고 더 많이 입맞출 수 있으니까 말이다.

너에게 확실히 말하건대, 네가 있어 줘서 고맙고, 또한 우리가 너의 할아버지 할머니라는 것이 기쁘단다. 할아버지 할머니들의 존재가 불투명해진 요즘, 네가 우리의 가치와 필요성에 대한 해답이 되겠구나라는 생각을 뿌리칠 수 없다는 것이 네가 보여 주는 행동이란다. 선샤인, 이것은 대단히 중요한 얘기란다.

너는 우리에게 너무나 소중한 사람이라는 것은 영원히 변함 없단다.

사랑하는 할아버지가

반가운 편지

사랑하는 아빠에게

　저에게 있어 아빠와의 진정한 관계는 겨우 5년 전에서야 시작된 것 같아요. 그 전에도 아빠를 사랑했고, 아빠가 타지로 나가셨을 땐 너무나 그리웠어요. 아빠가 집에 있을 땐 언제나 행복했어요. 하지만 그때 우리가 진정으로 서로를 알고 있었는지 저는 기억할 수가 없어요.

　자라면서 아빠한테 맞았던 3번의 사랑의 매를 저는 아주 잘 기억하고 있답니다. 그리고 제 승마 대회에 오셨던 때도요. 아, 제가 테니스 시합에서 졌던 때도 기억해요. 아빠를 기쁘게 해 드리기 위해 그 시합에서 이기길 원했었지요. 그날 저는 제 말 아이리쉬가 점프를 하지 않았을 때와 같은 기분을 느꼈어요. 저는 아빠가 저를 자랑스럽게 여기길 바랐답니다.

　이런 마음은 지금도 변함이 없어요. 저는 성공한 사람이 되고 싶어요.

사람들이 "저 사람이 줄리 지글러야. 지그 지글러의 딸이지. 그녀는 사업에서 크게 성공했고, 최고의 연설가 중 한 명이야."라고 말하게 되길 바래요. 저는 언제나 아빠같이 되길 원했어요. 하지만 저는 제가 아빠처럼 훌륭하게 될 것이라는 걸 확신할 수 없었고, 아빠를 실망시켜 드리고 싶지 않았기 때문에 언제나 아빠와 이야기하는 걸 두려워했었지요. 하지만 이제 저는 제가하고 있는 일을 꾸준히 해 나간다면, 모든 것이 잘 될 거라고 생각합니다.

애기가 좀 빗나갔네요. 제가 진심으로 말하고 싶은 것은 아빠를 너무나 자랑스러워한다는 사실이에요. 저는 아빠에 대해 많이 알기를 원해요. 아빠는 자신에 대해서는 거의 말씀하지 않으셨죠. 무엇이 아빠를 그렇게 만들었을까요? 그 모든 추진력들은 어디에서 오는 건가요? 아빠에게는 남 모를 긴 시간이 있었죠. 아빠는 연설가로서 경력을 쌓아야 한다는 걸 언제 아셨나요? 저는 제가 좋은 책을 쓸 수 있을 거라 생각해요. 연설가로서 재능이 있는지 없는지는 언제쯤이나 알게 될까요?

아빠, 알아야 할 것은 너무 많고 시간은 너무 짧아요. 전 가끔은 남편을 원하기도 하지만, 그렇지 않을 때도 있어요. 누군가를 만날 때마다 저는 이 사람과의 관계에 너무 몰두해서 일을 소홀히 하지는 않을까, 새로운 사람을 만나는 것이 내 인생 전체를 방해하지는 않을까 하는 생각이 들기 때문이에요. 하지만 전 이기적이고 싶진 않아요. 그렇다면 무엇을 어떻게 해야 하는지 언제 알 수 있게 될까요?

만나서 이런저런 얘기를 하고 싶고, 아빠에 대해서 이야기하고 싶어요. 아빠에 대해 배울 수 있다면, 제 자신에 대해 더 많은 것을 알 수 있게 될 거라고 생각해요.

이제 잘 시간이네요. 내일도 역시 바쁜 하루일 거예요. 요즘 경기가 아주 좋답니다. 저를 위해 기도해 주세요.

사랑해요, 아빠!

1981년 6월
저의 최고의 사랑을 담아서 줄리 올림

사랑하는 내 딸에게

정말 아름다운 편지였단다! 너의 어린(이제는 다 큰) 동생이 5~6살 때 자주 말했던 것처럼, 기분 좋은 일이구나. 너의 일들이 잘되고 있다는 얘기는 무엇보다 기쁘단다. 하지만 놀랍진 않았다. 너는 워낙에 유능한 아가씨니까 말이야. 물론 나는 네가 훌륭한 연설가가 되고 싶어한다는 사실도 너무나 기쁘단다. 사랑하는 누군가가 내가 선택한 직업을 지지해 줄 때 그 선택은 즐거운 일이기 때문이지. 애야, 너를 자랑스러워하는 아빠로서가 아니라 연설 과목 강사로서 말인데, 너는 탁월한 연설가가 되기 위해 필요한 모든 것을 가졌단다. 좋은 목소리와 무대에서의 모습도 좋고, 뛰어난 매력과 카리스마, 대단한 열정, 또 설득력 있는 주제를 말이지. 이제 너에게 필요한 모든 것은 시간과 경험뿐이고, 그것을 위한 충분한 시간을 가지고 있단다.

그리고 '실망' 부분에 대해 말하자면, 그래 확실히 하자꾸나. 나는 아이리쉬가 점프하지 않았을 때 많이 실망했단다. 또 네가 그 테니스 시합에서 졌을 때도 실망했지. 하지만 나의 실망은 나를 위해 기대했던 것에 대한 실망이 아니었단다. 너를 위해 네가 잘하길 바랐던 그 마음에 대한 안타까움의 실망이었단다.

네가 최선을 다할 때 나는 절대 실망하지 않을 거라는 걸 기억해 다오. 그리고 너는 언제나 최선을 다해 왔다고 생각한다. 애야, 너는 진정한 승자란다. 그리고 너를 자랑스러워하고 너무나 사랑하는 이 아빠는 너에 대해 더 잘 알게 되길 고대하고 있단다. 이 늙은 아빠를 움직이는 것이 무엇인지 더 배우고 싶다는 너의 말이 날 행복하게 하는구나.

사랑하는 아빠가

자식을 사랑한다는 것에 대해

사랑하는 신디에게

네가 이 전에 이 사실에 대해 알고 있었는지는 모르겠구나. 솔직히 나는 네가 태어나기 전까지는 너를 너의 언니만큼 전부, 완벽하게 사랑할 수 있을지 내 능력에 대해 걱정했단다. 애야, 너도 알다시피 나는 네 언니를 너무도 사랑했어. 그 애는 아름답고, 영리하며, 특별한 사람이라고 생각했었지. 나는 내가 수잔을 사랑한 것처럼 다른 아이를 사랑한다는 걸 상상할 수가 없었단다. 각각의 아이들이 전부 다르고, 특별하다는 걸 난 알지 못했고, 그래서 난 네 언니를 사랑한 방식대로 너를 사랑하는 것에 대해 정말로 걱정했었단다.

하지만 애야, 세상에 태어난 너를 팔에 안은 후 뭔지 모를 어떤 것을 느꼈다는 걸 고백해야겠구나. 그후로 줄리 그리고 톰이 태어났을 때에는 너나 수잔을 사랑한 것처럼 그들을 사랑할 수 있을 것인지에 대한 생각은 해 본 적이 없단다. 나는 너를 안으며 교훈을 얻었던 것이지.

　세상에는 많은 기적들이 있지만 그 어떤 것도 예쁜 아기의 탄생과는 비교될 수가 없단다. 그건 정말 굉장한 일이야! 내가 너와 너의 형제자매들, 너의 엄마 그리고 내 두 손녀들을 보고 너의 유일함을 실감할 때, 항상 놀라게 되지. 믿을 수가 없단다! 아무튼 내가 너를 정말로 사랑한다는 것을 네가 알았으면 좋겠구나.

사랑하는 아빠가

결코 쉽지 않은 인생, 그 길

사랑하는 가족에게

　날 아는 사람들은 현재의 내 삶이 그렇게 힘난하지 않을 것이라고 생각할 수도 있단다. 적어도 일부는 사실이겠지. 왜냐하면 내 오랫동안의 스케줄과 비교해 봤을 때 지금의 내 삶이 조금은 여유롭기 때문이란다. 하지만 그렇다고 내가 전처럼 열심히 일하고 있지 않다는 뜻은 아니다. 여러가지 면에서 나는 그 어느 때보다 힘들게 일하고 있으니까 말이야. 단지 내가 말하고 싶은 건 몇 년 전까지 존재했던 고민과 문제들이 시간이 지나면서 조금씩 없어졌다는 것이란다.

　지난 30년 동안 사회는 사람들로 하여금 무언가가 좋아 보이지 않으면, 좋은 향이 나지 않으면, 좋은 맛이 나지 않으면 그리고 재미있지 않으면 그것과 일체 관련 되어서는 안 된다고 믿도록 만들어 왔단다. 이것은 비극적인 일이란다. 왜냐하면 내가 항상 주장해 왔던 — 강하게 확신하고 있기 때문에 — 것들 중 하나는 인생은 쉽지 않다는 것이기 때문이지. 인생은 험난한 것이란다. 의사이건, 상인이건, 여행사 판매 직원이건, 변호사이건, 학교 선생님이건, 군인이건, 비서이건 상관없이 말이다.

하지만 인생이 험난한 만큼 역경을 이기고 자기 자신을 잘 지켜 간다면 인생은 한없이 쉬워질 것이라는 사실도 알고 있단다. 오늘날의 — 예전에는 절대 그렇지 않았지 — 인생은 너무도 흥미진진한 것이고 엄청나게 보람된 것이라고 생각한다. 하지만 이것이 인생이 마냥 쉽다는 걸 의미하는 것은 아니란다. 이는 너희들이 많은 순간 참고 견디고 버텨 내야만 한다는 것을 의미하는 것이지.

살다 보면 정말 일하러 가기 싫은 날들이 있단다. 하지만 책임감과 규율, 약속이 너희들을 침대에서 끌어내고, 너희들은 일을 하러 가게 되겠지. 그 일을 받아들였을 때 너희들은 그 책임을 받아들인 것이 된단다. 그리고 아주 재미있게도 일단 어떤 일을 직접 하고 나면 그 일을 좋아한다고 느끼게 될 확률이 높아지지.

너희들 모두 (키퍼와 선샤인은 빼고) 내가 "나는 어느 정도 규율과 의무를 스스로 훈련해 왔고, 그래서 내가 훈련해 보지 않은 것은 설교하지 않는다."라고 말할 때 내가 잘난 척하고 있는 게 아니라는 걸 알 만큼 충분히 컸다고 생각한다.

너희도 알다시피, 1982년 12월 13일에 나는 정기 검진을 받기 위해 쿠퍼 클리닉에 갔었지. 거기서 나는 그 어떤 댈러스 카우보이 미식 축구팀의 멤버들보다 오랫동안 트레드밀(treadmill, 러닝머신과 비슷한 기구로 생체 기능을 측정할 때 쓰임—역주) 위에 있었단다. 쉴 때의 심장 박동수는 40이 었고, 내가 20살 때에도 할 수 없었던 육체적인 활동들을 할 수 있었어. 또 5마일 달리기에서 나는 미국 대학생들의 98%를 앞질렀단다. 이는 내 건강 상태가 아주 좋거나 혹은 대학생들 대부분이 엉망인 상태라는 걸 의미하지(양쪽의 경우 다 조금씩 의심스럽기는 하구나).

내가 자기 자랑을 마쳤을 때 쿠퍼 박사 — 지금은 가깝고, 정다운 친구인 — 는 웃으며 말했어. "그래, 지그, 꽤 좋은 상태군. 하지만 여기 댈러스에 사는 65세 된 부인의 얘기를 해주지. 그녀는 59세 때 조깅을 시작했고 최근 그녀의 10번째 마라톤을 끝냈지. 그 중 두 번은 8Km 거리였다네." 내가 자리에서 일어나려고 하자, 쿠퍼 박사는 다시 나보다 더 오랫동안 트레드밀 위에 있었던 15살의 한 여학생에 대해 이야기했지.

애들아, 지금 나는 이 늙은 아버지에 대해, 또 그 65세의 부인이나 15살짜리 소녀에 대해 자랑하고 있는 게 아니다. 내가 이야기하고 있는 건, 너희들 각자에게는 엄청난 육체적, 정신적, 영적인 잠재력이 있다는 것이지. 그 잠재력을 가지고 무엇을 하느냐는 너희들에게 달려 있단다.

내 몸 상태에 대해 자세히 말해 주마. 왜냐하면 11년 전 운동을 시작했을 때 나는 겨우 한 블록을 뛸 수 있을 뿐이었거든. 그때까지 나는 운동을 욕조에 물을 받아 목욕을 한 다음, 마개를 뽑고 그 물의 흐름을 막아보려는 것 정도로 생각했다. 이것이 잘 계획된 운동 프로그램과는 많이 다르다는 걸 너희도 알겠지.

최근 25년 동안 나는 몸무게가 90Kg 이상 나갔단다. 나는 식단을 짜고, 심지어 아무 것도 하지 않고 오직 먹기 위해 하루 세 번의 특별한 시간을 정해 놓기도 했었지.

인생은 쉽지 않다는 것을 강조할 때 내가 사용하는 또 다른 예는, 내가 사례금을 받을 수 있게 될 때까지 3,000번 이상의 연설을 해야 했다는 이야기다. 그 중 많은 연설들이 회사를 위해 했던 판매훈련 세미나와 판매회의였지. 어떤 경우에는 15~20명의 사람들에게 강연하기 위해, 내 돈을 들여서 한밤에 편도 320Km를 운전했던 적도 많았단다. 그런 장거리 강연 후에도 나는 다음날 출근하기 위해 그 밤에 다시 운전해서 돌아오곤 했단다. 나는 정말로 사람들에게 할 얘기가 많았고, 내 노력들이 보상받을 날이 올 것이라고 믿었기 때문에 기꺼이 이런 일들을 했던 것이란다.

나는 또한 이것이 일생 동안하고 내가 하고 싶은 일이라는 생각에 사로잡혀 있었다. 그래서 그 보상들을 받기 위해서는 전문가가 될 때까지 내 기량을 갈고 닦아야 한다고 생각했지. 젊은 사람들에게 인생은 쉬운 것이라고 믿도록 현혹시키는 것이 그들에게 도움이 된다는 생각을 난 믿지 않고, 이전에도 믿어 본 적이 없다. 인생은 쉽지 않단다. 오히려 험난한 것이지.

자녀를 진심으로 사랑하는 부모들은 만약 자신에게 모질다면 인생은 훨씬 수월해질 거라는 말이나 예시를 통해 가르칠 것이라고 생각한다. 이런 접근법은 그들로 하여금 만약 우리가 자신들에 대해 엄격할 때 인생은 아름답고, 재미있고, 흥미진진하고, 보람된 것일 수 있다는 걸 알게 할 것이다. 특히 어린아이들에게 있어, 그들이 스스로에게 엄격해질 만큼 자랄 때까지 우리는 때때로 '애정에서 나오는 엄격함'을 가져야 한단다.

캐나다 위니펙에 살고 있는 너희 삼촌 번과 숙모 일레인이 아들 데이비드를 다루는 방식은 내가 말하고 있는 것의 한 예가 될 것 같구나. 2살짜리 뇌성마비 아이인 데이비드는 매일 저녁 고통스러운 다리 보호대를 더 조여야만 했어. 그래서 매일 밤 데이비드 — 참 예쁜 아이였다 — 는 엄마 아빠에게 보호대를 벗겨 달라고, 아니면 그렇게 꽉 조이지 말아 달라고 애원했지. 하지만 번과 일레인은 데이비드를 너무나 사랑했기에, 그들은 그 순간에 눈물로 "데이비드, 그것은 너를 위해 안 된단다."라고 말했단다. 그랬기 때문에 일생 동안 웃음으로 "그래, 그렇게 하렴."이라고 말할 수 있었어. 이것이 바로 사랑이란다.

어떤 이가 말했듯이 고통 없이 무언가를 얻을 수는 없으며, 너희가 그것을 획득하면 고통은 잊혀진단다.

아빠가

한 줄기 빛이 준 희망

사랑하는 가족에게

애국심을 선동하고, 영웅을 숭배하고, 가족을 사랑하는 사람이라는 내 평판을 너희들은 아주 잘 알고 있지. 내 영웅들 그리고 좋은 친구들 중 하나인 로빈슨 리즈너는 은퇴한 준장이고, 그는 우리나라를 강하고 자유롭게 유지하는 데 많은 일을 했단다.

너희들은 '한 줄기 빛' 혹은 '한 줄기 희망'이라는 표현을 많이 들어봤겠지. 나는 개인적으로 7년 동안 베트남 전에서 포로였던 '로비'(로빈슨의 애칭—역주)를 만날 때까진 그것이 정말로 무엇을 의미하는지 몰랐단다.

54개월의 구속생활 동안 그는 격리되어 있었고, 그 중 10개월은 완전한 어둠 속에서 보냈지. 그가 댈러스의 세미나에서 수강생들과 나에게 하노이 힐튼이라는 곳에서 머무는 동안 있었던 일을 이야기해 주었을 때 내가 느꼈던 감정들을 절대 잊을 수가 없구나.

베트남 군인이 포로 수용소로 와서 모든 불을 껐을 때 그것은 그에게 큰 충격이었지. 이미 극도의 육체적, 정신적 피로에다 수년 간의 감금으로 인해 그는 큰 손상을 입게 된 것이지.

희미한 빛조차 사라진 수용소는 너무도 두려운 곳이었어. 가족과 조국에 대한 그의 사랑만이 그를 지탱할 수 있게 하는 유일한 것이었단다.

그 기간 동안 리즈너 장군은 아침 일찍부터 몇 시간을 계속해 같은 자리에서 뛰었단다. 그가 말하길, 이 운동 시간과 가족애가 없었다면 그는 아마도 미쳐 버렸을 것이라고 했지. 그럼에도 중압감은 줄어들지 않아 때때로 그는 잔뜩 긴장해서 소리지를 수밖에 없었다.

하지만 리즈너 장군은 그를 잡아들인 사람들이 그가 두려워한다는 걸 알게 되는 만족을 주지 않으려 했고, 그래서 그는 입으로 옷을 꽉 물고 있는 힘껏 소리를 질렀다.

특히 절망스러웠던 어느 새벽, 리즈너 장군은 자신의 2평방 미터 크기의 수용소 바닥에 엎드려, 바깥으로부터 맑은 공기가 들어오는 환기구가 있는 침대 밑으로 기어갔어. 그는 시멘트 벽 옆을 쳐다보았고, 밖이 보이는 미세한 균열을 발견해 냈지. 그 구멍은 아주 작아서 그가 볼 수 있는 것이라곤 오직 풀잎 하나뿐이었지. 후에 그는 내게 말했어. "지그, 내가 그 한 줄기의 빛과 풀잎 하나를 봤을 때 느꼈던 기쁨과 흥분, 감사, 활력을 표현할 수 있는 방법은 없네. 그것은 생명, 성장, 자유를 의미했어. 그리고 세상이 나를 잊지 않았다는 걸 깨달았네.”

　이 얘기가 얼마나 너희들에게 와 닿을지는 모르겠다만, 그날 이후로 나는 앞으로 무엇인가에 대해 불평하는 것을 특히 조심해야겠다고 스스로에게 약속했단다.

사랑하는 아빠가

훌륭한 결정

사랑하는 나의 가족에게

이번 주 오하이오로 가는 길에 나는 큰 경험을 했단다. 내가 가려는 곳은 아주 작은 마을이라 큰 공항이 없어서 비행기를 타고 한번에 갈 수가 없었지. 그래서 지방 교통편으로 갈아타야 했는데, 댈러스에서 펜실베이니아의 피츠버그까지 가는 길에 갈아타는 시간이 맞질 않아 2시간 정도를 기다려야 했어. 기다리다가 구두닦이 노점을 지나가게 됐고, 나는 그곳에서 구두를 닦기로 결정했지.

거기에는 구두를 닦는 2명의 청년이 있었어. 1명은 낙천적이고 사교성 있고 매력 있었으며 외향적인 성격의 청년이었고, 다른 1명은 조용하고 내성적이고 절대 말하거나 웃질 않았지. 나는 은근히 그 사교적인 청년이 내 구두를 닦아 주길 바랐지만, 결국 다른 쪽 청년이 닦게 되었어.

너희들도 알다시피 나는 특히 서비스 업종에 있는 사람들에게 힘을 북돋아 주려고 하는 경향이 있지 않니.

그래서 나는 의자에 앉으며 그 청년에게 "음, 잘 지내세요?"라고 씩씩하게 말했지. 그는 아무말없이 나를 쳐다보았어. 그의 얼굴에는 웃음도 반가워하는 기색도 전혀 없었어. 그래서 나는 조금 기분이 나빠져서 '여기에 미련하게 일하는 사람이 있군.' 이라고 혼자 생각했지. 그 청년의 수입 중 많은 부분이 팁일 것이고, 팁은 주로 그가 봉사하는 손님과 맺는 관계에 의해서 결정되는데, 나는 그가 내 존재를 인식조차 않는 것에 놀랐다.

그 청년은 말없이 내 구두를 닦기 시작했어. 그리고 그가 구두를 닦기 위해 구두약을 발랐을 때 나는 그의 신중하고 철저함에 다시 한 번 놀랄 수밖에 없었단다. 그런 그의 모습을 보면서 나는 생각했지. '자, 구두는 멋지게 광이 날 테고, 결국 그게 내가 원하고 바라는 것이잖아.' 청년이 구두 닦는 것을 마무리하고 솔질을 시작할 무렵엔, 나는 그가 조심스럽고 철저할 뿐만 아니라 자신이 무엇을 하고 있는지를 명확히 알고 있다는 것을 인정해야만 했단다.

그가 솔질을 마치고 광내는 천으로 구두를 문지르기 시작했을 때 나는 비로소 그가 얼마나 뛰어난 솜씨를 가지고 있는가를 깨달았지. 청년이 조용히 천을 앞뒤로 문질러 내 구두를 번쩍번쩍 광내고 있을 때 나는 거의 들리지 않는 끙끙 소리에 주의 깊게 귀를 기울였다. 그제서야 처음으로 나는 그 청년을 알아보았지. 그 청년은 최소한의 지능을 가진 심각한 정신 지체아라는 것을 말이다.

그냥 사라져 버리고 싶다고 느낀 순간이 있었다면 바로 그 순간이었단다. 그때 난 피상적으로만 판단했고, 외향적이거나 매력적이거나 감사해 하지 않는다는 이유로 그 청년을 비난하며, 내 구두를 닦아 준 것에 대해 오히려 내가 고마워 해야 하는지를 고민하고 있었단다. 그동안 그 청년은 우리 중 누구도 거의 할 수 없는 일을 하고 있었던 것이었어. 그는 자신의 능력을 최대한 발휘한 것이지. 그는 자신의 일에 자부심을 가지고 있었고, 내 구두를 아주 전문가다운 솜씨로 닦고 있었다.

그날 나는 다른 이들에 대해, 그리고 인생에서 그들이 하고 있는 노력에 대해 섣불리 판단해서는 안 된다고 결심했다. '그 모카신(북미 인디언의 뒤축 없는 신—역주)을 직접 신고 이틀 동안 걷기' 전에는 다른 사람을 판단해선 안 된다는 인디언들의 충고는 여기에 딱 들어맞는구나.

그 청년은 나에게 중요한 교훈을 가르쳐 주었을 뿐만 아니라, 배우고자 하는 모든 사람들에게도 교훈을 준 것이라 생각한다. 그의 수입이 얼마나 되는지는 모르지만, 썩 좋을 것 같지는 않아서, 나는 구두를 닦아 준 것에 대한 팁 중 가장 많은 팁을 그에게 주었단다. 그리고 나의 오만하고, 남을 판단하려 하는 태도를 반성했단다.

사랑하는 아빠가

사랑하는 아이들에게 전하는 이야기

당신이 당신 자신을 정말로 사랑한다면, 스스로를 사랑하듯

다른 사람도 사랑하게 될 것입니다. 그러나 만일 당신이 자

신을 사랑하면서 남을 사랑하지 않는다면, 진정한 의미에서

자신을 사랑하는 일에는 실패할 것입니다.

— 에크할트

사람의 느낌과 감정을 조절하는 말들

가족들에게

펜실베이니아 주의 지라드 시에서 얼마 전까지 일었던 논란이 있다. 학교에서 아이들에게 스터즈 터켈의 책 〈일〉을 읽도록 한 것에 몇몇 학부모들이 격렬하게 반대한 사건이지. 학부모들이 그 책을 반대하는 이유는 매우 과격한 언어를 담고 있기 때문이었단다. 학부모들은 판매금지 처분이라는 극단적인 행위까지는 가지 않았지만, 자신의 아이들에게 그 책 말고 다른 책을 읽히고 싶어했단다. 학부모들은 자신의 아이들이 천박한 단어들에 물들지 않도록 노력해 왔기에, 당연히 학교에서도 그런 것을 읽게 해서는 안 된다고 생각한 것이지.

이 문제와 관련해 상당한 논쟁이 있었고, 스터즈 터켈은 적극적으로 자신의 책을 옹호했단다.

나는 워싱턴에서 강연 일정이 잡혀 있었던 터라, 이 사건에 대해 〈워싱턴 포스트〉 지에 실린 편집자 논평을 읽었다. 이 논평가는 부모들이 그런 종류의 언어에 반대하는 것은 바보 같은 짓이라고 주장했지. 그리고 실생활에서는 그런 종류의 언어가 매우 흔하고 일상적으로 쓰이고 있다고 지적했어. 어린이들이 이런 종류의 언어를 읽음으로써 저속한 말뿐 아니라 폭력적인 강간행위, 살인, 폭행이 매일같이 일어나는 실생활에서의 삶을 더 잘 준비할 수 있다는 것이 그의 입장이었지.

하지만, 내 입장은 그와는 조금 다르단다. 만약 너희들의 아이가 마약과 저속한 언어와 폭력 속에 살도록, 그런 세상에서 살아갈 준비를 갖추도록 하고 싶다면 아이들을 그런 환경에 노출시킬 필요가 있을지도 모른다. 하지만 나는 교육이란 이보다 훨씬 더 높은 목적을 위해 행해져야 하는 것이라고 믿고 싶다. 건전하고 깨끗하고 순수하며 강하고 긍정적인 언어로 아이들에게 높은 수준의 도덕을 가르쳐야 한다고 말이지. 즉 교육이란 학생들을 추악함으로 가득한 폭력적인 세상에서 살 수 있도록 준비시키는 것이 아니라 아이들이 사회를 더 낫게 변화시킬 준비를 갖추게끔 하는 것을 그 목적으로 한단다.

만일 누가 나더러 한 나라를 멸망시키라고 한다면, 나는 그 나라의 어휘들을 바꾸는 것부터 시작할 것이다. 단어들은 사람들을 일으켜 세울 수도 있고 나락으로 떨어지게 할 수도 있기 때문이지. 한 사람이 사용하는 단어들에는 그 사람의 미래가 들어있단다. 그래서 나중에 기쁘게 웃음 짓게 되느냐 공포와 비탄에 일그러진 표정을 짓게 되느냐는 그 사람이 쓰는 단어에 달려있게 되지.

경영 전문가 조 배튼은 청중들에게 여러 종류의 단어들을 들려주며 반응을 시험했는데, 나도 한 번 여기서 똑같은 단어들을 시험해 볼까 한다.

구토, 근친상간, 목자르기, 할복……. 이 단어들을 보고 어떤 생각이 드니? 이제 다른 효과를 갖는 다른 단어들을 보자.

사랑, 헌신, 희망, 푸른 초원들……. 이 단어들은 어떤 생각이 드니?

이렇듯 단어들에는 많은 차이가 있단다. 빈민굴과 뒷골목에서 나온 추악하고 폭력적인 단어들은 결과적으로 한 개인의, 혹은 한 나라의 생각의 수준을 빈민굴과 뒷골목 수준까지 떨어뜨린단다. 우리의 사고는 우리가 사용하는 단어들에 의해서만 표현될 수 있으므로, 개인이든 국가든 간에 쓰이는 단어의 수준보다 나은 상태를 오래 유지할 수는 없는 법이지.

단어들이 우리 아이들의 삶을 더 나은 것으로 만들 수도 있고 타락하게 할 수도 있다는 것, 바로 이 때문에 부모들이 아이 앞에서 추악하고 폭력적인 말을 써서는 안 된다고 하는 것이란다.

나는 시카고 대학의 심리학자 브루노 베텔하임 박사가 아이들에게 전래 동화를 가르쳐야 한다고 주장한 것에 동의한단다. 그에 의하면 전래 동화는 선한 자와 악한 자 사이에 확실한 경계선이 놓여 있고, 늘 선한 자가 이긴다는 기본 줄기가 있다고 했다. 하지만 실생활에서는 항상 선한 자가 이기는 것만은 아니란다. 아이들도 나중에 그 사실을 알게 되지만, 그럼에도 아이들은 전래 동화를 통해 선(善)이 이기는 것이 옳은 것이라는 것과 일이 어떻게 되어야 최선인지를 알게 되고 그에 깊이 감화되어 자신들이 일을 할 때에도 그렇게 되도록 노력하게 된다는 것을 박사는 지적한다.

내 입장도 이와 같단다. 아이들이 윤리적으로 수준 높은 태도를 배우고 자라서 세상에 나가 긍정적인 공헌을 할 수 있도록, 그리하여 자신의 아이들도 그렇게 살게끔 도와 줄 수 있는 사람이 되도록 하는 것이 아이들을 기르는 부모의 주요한 역할이라고 생각한다. 부정적이고, 폭력적이며, 비도덕적인 사회에 사는 사람들은 주위의 높은 윤리적 태도의 사람들을 통해서 더 나은 삶의 가능성을 보게 될 거란다. 너희들이 그렇게 실천한 삶이 그들을 더 나은 삶과 생활로 이끌어 줄 것이다. 그리고 결국, 이런 식으로 더 나은 나라를 건설할 수 있게 되겠지.

사랑을 담아서, 아빠가

존중과 사랑이 갖는 거다란 힘

사랑하는 나의 아이들에게

때로 우리는 어떤 것을 보고 그것이 옳다는 것은 알지만 정작 그것들이 왜, 그리고 어떻게 옳은 것인지에 대해서는 잘 모르는 경우가 있단다.

나는 조금 전에 〈현대 심리학 저널〉에 실린 브루노 베텔하임 박사의 논문을 읽었단다. 그는 아이가 부모를 무시하는 법을 배우도록 내버려두면 버르장머리 없는 아이가 된다고 지적했어. 또 아이들은 자기 부모를 무시함으로써 자신을 부모의 위치보다 높은 곳에 올려놓으려고 하는 경향이 있다고 했다. 그렇게 되면 자신이 무시하는 (두려워할 수는 있겠지만 이것은 존경과는 완전히 다른 것이란다.) 누군가를 존경할 수는 없으므로 그 아이의 안정감은 완전히 사라져 버리게 된단다. 반면 아이들이 부모를 믿고 의지할 수 있을 때에만 아이에게 안정감과 자신감이 자란다고 했지.

인생을 경험하게 되면서, 특히 사춘기의 아이들은 부모의 영향으로 인생의 승자가 되느냐 패자가 되느냐 하는 상황들과 숱하게 맞닥뜨리게 된단다. 즉 도덕적인 삶을 살 것이냐 비도덕적으로 살 것이냐, 교양 있는 사람이 될 것이냐 당장의 (대체로 아주 순간적인) 이득에만 급급한 사람이 될 것이냐는 부모의 올바른 방향 제시로 판가름나지.

그래서 우리는 우리 아이들을 위해 강하고 건전한 역할 모델이 되고자 노력해 왔단다. 부모로서 우리는 너희들에게 영웅이기를 바란다. 그 때문에 우리는 절대로 너희들의 친구가 될 수는 없어. 친구란 자기 또래에서 나오는 것이어야 한다고 생각한다. 5살이나 10살짜리 아이들은 경험으로 보나 판단력으로 보나 30살이나 40살 먹은 부모와 같지 않기 때문에 친구가 될 수 없다고 생각한다. 하느님의 관점에서 우리 모두의 영혼은 평등하지만 하느님의 가르침 안에서 어린이는 그 부모에게 복종해야 하고 부모들은 아이들에게 최선이 되는 것을 해 주며 사랑해야 한다는 것 또한 의심의 여지가 없단다.

오해하지는 말아라. 우리는 항상 옳고 너희들은 항상 그르다는 것은 아니란다. 너희들이 우리가 가지지 않은 나름의 해답들을 갖고 있다는 것을 인정하지만 그럼에도 아이들은 태어나면서부터 부모에게 존경을 표해야 한다는 이야기란다. 이것은 논리의 문제가 아니라 경험의 문제란다. 부모들은 자식들이 삶의 기회에 도전할 수 있게 가르칠 책임이 있다고 보고 있단다.

너희가 어떤 사람이든 우리는 너희들을 사랑하고 아끼며 존중한다는 것을 잊지 말기를 바란다. 사랑하고 의지할 만한 부모를 가졌다고 여길 수 있음으로써 얻어지는 안정감을 너희들에게 주고 싶단다.

너희들이 앞으로 사회인으로서의 리더십과 부모로서의 역할을 잘 수행할 수 있도록 하기 위한 가장 좋은 방법은 태어나는 순간부터 매일매일 바로 눈앞에서 부모들의 리더십을 보는 것이라고 생각한단다. 그렇게 보고 배우면서, 너희는 무엇이 좋고 나쁜 것인지, 기본적인 차이를 배울 수 있기 때문이지. 이런 이유로, 너희에게 존경하고 사랑할 만한 — 도전할 친구가 아닌 — 역할 모델이 필요한 것이란다.

시민들과 학생들이 건방지며 도전적이고 존경심 없는 태도로 행동하여 우리의 교육 체계와 사회의 윤리 구조를 심각하게 약화시키게 되면 결국 피해를 보는 것은 우리 자신들이란다. 만약 많은 사람이 법을 전혀 존중하지 않는다면, 신뢰와 안정감을 찾아볼 수 없는 그런 상황에서 서로 존중하고 지낼 사람이 누가 있겠니?

부모로서 모자랄 때가 있긴 하지만 우리는 너희들에게 좋은 예가 되려고 노력한단다. 왜냐하면 너희들 할머니가 말씀하셨듯이 '모범을 보이면 일일이 규칙을 세워 통제하지 않아도 되기 때문' 이다. 이제 너희들은 모두 성인이고 너희 중 2명은 자식을 기르고 있잖니. 부디 부모로서 자식들이 자랑스럽게 따를 만한 모범을 보여 주기를 바란다.

너희를 사랑하는 아빠가

사랑의 매가 맺어 준 끈끈한 부자(父子) 사이

톰에게

 지난 이야기지만, 한때 너는 나를 향해 상당히 도전적이었고, 매사에 있어서 반항적이었단다. 기억이 나는지 모르겠다. 아팠던 기억을 내가 왜 다시 꺼내나 할 수도 있는데 내가 때 지난 이야기를 꺼내는 이유는 그 이후로 너와 나를 가로막는 장애물이 없어졌기 때문이란다.

 그때 '사랑의 매'라는 이유를 달고 너를 때릴 수밖에 없었던 것은 네가 상대방을 위해 지켜 주어야 할 한계선을 넘었기 때문이다. 친구나 어른, 또는 가족과 부모를 존중과 예의, 공경으로 대해야 하는데 요구사항을 잘 들어 주지 않는다고, 기분이 나쁘다고 12살에 불과한 아이가 상대방을 향해 공격하고, 심한 말을 하는 것을 더는 두고 불 수가 없었단다. 그때 정말이지 단호하게 때렸지만 너를 위한 사랑으로 마음이 멍울졌단다. 너를 때린다는 것은 나에게도 가슴 아픈 일이었지. 알고 있니? 난 나도 모르게 눈물을 흘린 뒤에 너를 안으며, 내가 얼마나 널 사랑하는지 충분히 이야기해 주었단다. 그리고 그 다음에 일어난 일은 나를 몹시도 놀라게 했지. 네가 마냥 행복해 하는 소년으로 되돌아왔기 때문이란다.

애야. 그때를 생각하면 나에게도 커다란 용기가 필요했던 것 같구나. 내 아들이 이 매로 인해 더욱 나빠지지 않을까 하는 염려, 그리고 이로 인해 나와 내 아들과의 사이가 더욱 멀어지지는 않을까 하는 걱정이 많았단다.

그런데 다행스럽게도 네가 슬기롭게 극복해 주었고, 이 아빠를 이해해 주어서 너와 보다 많은 대화를 나눌 수 있었단다. 대단한 내 아들. 정말 고마웠단다. 그리고 너무나 자랑스럽단다.

앞으로 네가 하는 일과 너의 삶에 동반자가 되고 싶구나.

사랑한다, 아들아.

아빠가

정직한 사람이 받은 대가

나의 아들 톰에게

오늘 네가 취한 결정과 행동은 장차 너의 인생에 영향을 미치게 될 거란다. 그런 결정과 행동은 너희 세대뿐만 아니라 심지어 네 자녀들의 세대까지 영향을 미치게 되겠지. 너도 알다시피, 난 네 할머니를 너무나 사랑하고 존경했단다. 할머니는 우리에게 항상 말씀하셨지. 정직하게 살라고 말이야.

최근에 나는 너의 고모인 주얼과 고모부인 휴이로부터 장문의 편지를 받았다. 두 사람 모두 할머니의 생각에 수긍하더구나. 너도 기억하겠지만, 고종 사촌인 잭은 회사가 망해서 거의 19년이나 다녔던 자동차 회사를 최근에 그만두었단다. 잭은 심각한 심장병도 있었지. 많은 나이에다 보험문제와 심장병이 있는 사람을 회사가 좋아할 리가 없었겠지. 잭은 몇 개월 동안 직장을 구했지만 부질없는 짓이었다. 그런데 어느 날 한 남자가 전화를 걸어서 그에게 직장을 구하러 다닌다는 소문을 들었다며, 잭에게 면접을 보러 오라고 했어. 낯익은 이름이었지만 잭은 그의 사무실로 걸어 들어가기 전까지 그를 기억할 수가 없었단다.

23년 전 두 사람은 야간 학교를 함께 다녔으며 같은 식료품 가게에서 일을 했었지. 잭의 친구는 이제 성공한 사업가가 되어 있었다. 그 사람은 잭과 함께 일했던 젊은 친구들을 여러 명 기억했지만, 잭만이 유일하게 물건을 훔치지 않는 점원이었던 거야. 잭이 일자리를 구한다는 소문을 들은 그는 즉시 전화를 했어. 왜냐하면 그가 표현했다시피, 우리는 언제나 정직한 사람을 원하기 때문이란다.

인생의 게임을 할 때 — 정정당당한 게임인지 어떤지 — 사람들은 자신이 뿌린 대로 거두게 될 거란다. 너희 할머니는 그런 유형의 이야기를 많이 해 주셨어. "뿌린 대로 거두리라."

인생을 살면서 나중에 어떤 수확을 거두고 싶은지는 오늘 너희가 뿌린 것에 달려 있단다.

사랑하는 아빠가

좋은 습관을 만들기 위한 좋은 본보기

나의 아이들에게

오늘 나는 컴퓨터 게임과 TV가 어휘력 및 독해력 저하를 가져온다는 뉴스를 들었단다. 들으면서 나는 너희들을 생각했고, 너희들 모두가 한 명도 예외 없이 가치 있는 정보와 감화를 얻을 수 있는 양질의 책과 잡지 읽는 것을 즐긴다는 사실에 내심 만족스러웠단다. 내 생각에 너희들이 독서를 즐기는 확실한 이유 중 하나는 엄마와 내가 일상적으로 책 읽는 모습을 보면서 자라왔기 때문이라고 생각한다.

사람들은 자신도 모르는 사이에 부모의 습관들을 배운단다. 담배 피우고 술 마시며 마약을 하는 부모들은 담배 피우고 술 마시며 마약하는 아이를 가질 가능성이 훨씬 많다는 사실이 이미 잘 증명되어 있다. 〈페레이드〉지에 의하면 어린아이의 부모들이 둘 다 비만이면 그 아이는 비만이 될 확률이 85%나 된다고 한다. 비만이 유전되기 때문이 아니라, 부모가 과식하는 것을 보면서 아이는 그대로 따라하게 되기 때문이지. 때로 부모들이 아이들로 하여금 필요 이상으로 먹도록 몰아붙였을 수도 있지만, 부모들 자신이 식탐에 빠져 지내는 것을 아이들이 보고 배우는 경우도 있다. 즉 자신의 부모가 폭식하거나 담배를 피우거나 술을 마시거나 마약하는 것을 항상 보면서 자란 아이들은 부모처럼 되기 쉽다는 것이지. 직접 보여 주는 것이 가장 뛰어난 ― 적어도 가장 효과적인 ― 가르침이 된단다. 다행히 독서처럼 좋은 습관 또한 마찬가지여서, 항상 책을 읽는 부모를 지켜보면서 자란 아이는 훌륭한 독서 습관을 기르게 된단다.

독서 능력을 기르고 높은 학식을 갖추고 싶다면, 하루에 하나씩 새로운 단어를 익히라고 권하고 싶구나. 그래서 나는 〈리더스 다이제스트〉 지를 추천한다. 이 잡지에는 한 달에 30개씩 새 단어를 가르쳐 주는 섹션이 있기 때문이란다. 한 달에 30개의 새 단어 ― 즉 하루에 하나씩의 새 단어 ― 를 꾸준히 익힌 사람은 누구든 그의 교육받은 배경과 관계없이 5년 이내에 훌륭한 교양을 갖추게 될 것이라고 장담할 수 있단다. 우리는 개개의 모든 단어들이 수많은 다른 단어들과 연결되어 있다는 것을 알고 있다. 오늘 하나의 단어를 어떻게 사용하는지 익힌다면 나중에는 이 단어로 다른 단어들을 설명할 수 있게 된단다. 이렇게 해서 어휘력이 느는 것이지.

국제 제지 회사(IPC)는 한 사람의 어휘가 그의 수입과 직접적으로 관

계를 가진다는 것을 의심의 여지없이 증명해 냈단다. 생각은 단어들로
표현되는 것이고, 만약 네가 자신의 생각에 알맞은 단어를 갖지 못한다
면 자신의 의사를 표현하기 어려워지겠지. 현대 사회에서 의사소통은
성공에 결정적인 요인이란다. 그러므로 책을 읽고, 단어들을 익히는 습
관을 지켜나가는 아이들만이 정상에서 만나게 될 거란다.

사랑을 담아, 아빠가

이발소와 치과에서 생긴 일

사랑하는 가족에게

어떤 일이 닥치게 될지 이해하고 준비하지 못했을 때, 성장은 고통스런 경험이 될 수도 있단다. 너희 어머니와 나는 너희들 한 명 한 명이 자라는 것을 즐겁게 지켜봐 왔단다. 커 가면서 겪게 마련인 어떤 과정들을 갑작스럽게 맞이하여 두려워하거나 울거나 당황스러워하는 일 없이 너희들이 잘 이해하고 대처할 수 있도록 너희 어머니와 나는 몇 가지 준비를 했었단다. 너희들은 아마 기억하지 못할 수도 있겠구나.

톰, 나는 네가 2살이 채 못 되었을 때부터 너를 이발소에 데려가서 이발사가 내 머리를 깎는 동안 너를 내 무릎 위에 앉혀 놓았단다. 너는 내 위에 덮개를 덮는 것이 놀라거나 고통스러워할 경험이 아니라는 것을 금방 알게 되었지. 2~3번 이발소에 가 본 후에 나는 이발사에게 가위로 네 머리카락을 아주 약간 잘라내고 그것을 너에게 보여 주도록 부탁했지. 이런 과정을 몇 번 반복한 후, 네 머리도 이발소에서 자르기 시작했어. 그런데 내가 이발소에서 다른 아이들을 통해 몇 번 보았던 것처럼, 고통과 당혹스러움으로 인해 소리치고 우는 일이 너에게는 없었단다.

여자아이들을 미장원에 데려가는 것은 이와는 상당히 다른 문제인데, 여자아이의 경우에는 머리를 자르러 갈 때쯤이면 이미 충분히 커 있을 뿐 아니라, 어떤 여자아이든 간에 예외 없이 기대에 가득 차서는 미장원에 가고 싶어 안달이 나 있을 정도이기 때문이다. 하지만 수잔은 정말 예외였단다! 미장원에 처음 가는 날 그 애는 마치 목숨을 건 사람처럼 안 가겠다고 버텼지. 그 애는 길고 아름다운 금발을 가지고 있었는데 그 머리카락은 문제가 좀 많았단다. 너희 어머니는 그 머리카락을 짧게 자른다면 한결 머릿결이 좋아질 것이라고 생각했어. 결국, 수잔이 13살이 되자 너희 어머니는 울부짖는 수잔을 미장원으로 (말 그대로 덜미를 잡아서) 끌고 갔지. 머리카락을 자르는 동안 눈물이 우리 작은딸의 뺨을 타고 흘렀지만, 그 애는 버텨 냈단다.

치과의사에게 데려가는 것도 거의 비슷한 이야기지. 너희 어머니는 너희들을 치과에 적응시키기 위해 4명 모두를 데려갔었단다(물론 한 번에 한 명씩). 그녀는 내가 이발소에서 했던 것과 기본적으로 비슷한 과정을 따랐지. 너희들은 예비적으로 한 번이나 두 번쯤 어머니의 무릎 위에 앉아 치과의사를 만났어. 치과의사는 너희들의 머리를 쓰다듬어 주면서 명랑하게 말을 걸었지. 그 다음 치과를 방문했을 때 그는 미소지으면서 네 입 안에 거울을 집어넣고는 작은 도구로 입 속을 이리저리 살폈지. 너희 어머니는 일부러 그에게 웃으며 쾌활하게 말했어. 이 모든 경험들은 너희들에게 무섭다기보다는 재미있는 것으로 받아들여졌지.

　너희들이 치과에서 처음 치료를 받았을 때, 그와 같은 사전 경험은 도움이 되었단다. 사실은, 첫 번째 방문 때 치과의사들은 너희들의 반응을 보려고 이빨을 점검하는 척 한 것이란다. 두 번째 치과 방문은 이빨을 청소하기 위한 것이었고, 세 번째 방문에서야 치과의사는 심각한 작업에 들어가 몇 개의 이빨을 치료했지. 그런데 이 시점에서 다른 예외가 또 발생했어. 치과의사가 신디에게 중요한 시술을 하고 있을 때, 마취를 하지 않은 그녀의 신경을 건드려 신디가 의자에서 빠져나오려 했고, 그 때문에 끔찍한 결과가 빚어졌다. 그것이 그 애로서는 잊을 수 없을 만큼 고통스러운 경험이 되었고, 그 후로 2~3년 간 그 애를 치과의사에게 다시 데려간다는 것은 다짜고짜 이빨을 뽑자고 하는 것과 똑같은 일이 되었단다. 그후 우리가 그럴 때 그녀를 통제할 수 있는 방법은 치과로 향하는 차에 태우기 전에 그녀에게 진정제를 주는 것뿐이었단다.

　다행히도, 너희 중 신디를 제외한 나머지 세 아이들은 치과 의사에 대하여 좋은 경험을 가질 수 있었고, 우리는 그 점에 감사하고 있단다. 내가 여기서 너희들이 자라는 모습에 대해 말한 것처럼, 너희들도 자신의 아이들이 자라는 것을 매우 흥미롭게 지켜보겠지.

아빠가

결코 쉽지 않은 자리, 엄마

수지에게

오늘 공항까지 가는 길에 차가 너무 막혀서 가다 서다를 반복하며 운전하고 있었다. 운전을 하다가 나는 다른 차에 타고 있는 어떤 부인이 아기 — 8개월이나 10개월쯤 되어 보이는 — 를 감싸안고 있는 것을 보았단다. 내가 내 아이를 자랑스럽게 내보이며 너와 네 여동생 그리고 남동생들을 한 명씩 무릎에 앉힌 채 시내로 차를 몰고 나가곤 했던 때가 바로 엊그제처럼 기억나더구나.

그리고 3개월 전쯤 내가 너의 딸 캐서린 진 알렉산드라 위트마이어 — '키퍼'로 더 잘 알려진 — 를 식료품점에 데려가려고 했었던 일이 떠올랐단다. 그때 너는 나를 보더니 말했지. "좋아요, 아빠. 하지만 차에 그 애를 위한 베이비 카시트를 옮겨 놓아야 해요." 나는 식료품점은 단지 두 블록 떨어진 곳에 있다고 말했지만 너는 두 블록은 사고가 나기에 충분한 거리라고 말했어.

물론, 네가 옳았어. 아기를 안고 있는 저 부인을 보자 그녀가 탄 차가 갑자기 충돌하게 된다면 아기는 그녀의 몸과 운전대 사이에서 크게 다칠 수 있다는 생각이 들더구나. 그 순간 나는 네가 내 손녀를 그토록 잘 보살피고 있다는 것이 더할 수 없이 자랑스럽고 고마웠단다. 수지야, 사랑한다.

아빠가

직장에서 임하는 자세와 그 보상

가족에게

　각자 자신의 일만 하는 것이 좋은지 아니면 다른 누군가를 위해 일하는 것이 좋은지에 대해 우리는 종종 이야기한다. 사실상 우리 사회가 가지고 있는 가장 안타깝고 그릇된 통념 중 하나가 대부분의 사람들이 다른 누군가를 위해 일한다는 잘못된 생각에 빠져 있다는 것이란다.

　하지만 이것은 사실이 아니란다. 물론 나는 대부분의 사람들이 고용자에게 보수를 받으면서 일을 하거나 서비스를 제공한다는 사실을 인정한단다. 그러나 나는 다른 이를 위해 일하는 사람은 없다고 주장하려고 한다.

　대부분의 사람들은 자신이 뭔가 공헌하고 있다고 느끼고 싶어한다. 만약 너희들이 다른 이들로 하여금 그들이 원하는 바를 얻을 수 있도록 도와 준다면, 결국 너희들 자신도 무엇이든 인생에서 원하는 것을 얻을 수 있게 될 것이다.

여기에 내가 강조하고 싶은 것이 있다. 너희들이 열심히, 효과적으로 일하면 일할수록 그 대가는 커진다는 거다. 너희들의 일에 지급되는 수표에 사인하는 것은 다른 사람이라 해도 그 액수를 결정하는 것은 바로 너희들 자신의 업무 수행 능력과 그 수행 자세이기 때문이지.

너희들이 출근 시간에 딱 맞춰 일하러 나와서는 주어진 만큼의 일만을 하고 보수를 받아간다면 다른 사람들과 다를 것이 없겠지. 그저 고용되어 급료를 지불받는 기계적인 사람일 뿐일 거다.

그러나 너희들이 남보다 일찍 일하러 나가서 일에 보통 이상의 열정을 보이면 즉, 받는 급료보다 훨씬 더 많이 일할 때, 너희들은 너희 자신을 위해 일하는 것이 되는 것이지. 결국 사장은 열심히 일하고 있는 것을 알게 될 것이고 적절하게 보상할 거야.

그가 인정이 많아서 너희에게 보상하는 것이 아니라는 것을 명심하기를 바란다. 너희가 정말로 보기 드문 사람이라는 것을 알기 때문에 승진이나 봉급 인상으로 보상해 주는 것이지. 그가 특별한 노력에 대해 제대로 값을 치러 주지 않는다면, 주변 사람들이 너희를 눈여겨보고 있다가 너희가 받을 만한 대가를 제시해서 데려가려고 할 것임을 그가 알고 있기 때문이다. 이것이 자유시장체제가 얼마나 위대한가를 보여 주는 점이란다. 너희들은 인종, 종교적 신념, 피부색에 관계없이 자신의 미래를 계획할 수 있단다.

진정 자기 자신을 위해서 일한다고 생각할 때 내가 무엇에 대해 말하려고 했던 것인지 이해하게 될 게다. 그러니 이 이야기를 진지하게 새겨듣기를 바란다. 그러면 인생이 재미있고 흥미진진해질 테니까. 뿐만 아니라 보상도 따를 테니 말이다.

사랑하는 아빠가

TV로부터 벗어나 대화시간 늘리기

사랑하는 나의 가족들에게

　우리는 TV가 우리의 도덕적 가치에 끼쳐 왔던 영향, 지금도 끼치고 있는 영향에 대해 종종 이야기해 왔단다. 또한 개인으로서 우리와 우리의 국가가 결과적으로 선택하고 있는 방향에 대해서도 논의해 왔지.

　TV를 켜는 순간 즉각 교육과 판매가 시작된다. 예를 들어 U. S. 뉴스와 월드 리포트가 광고에 대해 언급하고 있는 것을 살펴보자.

　평균적으로 20대 미국인은 100만 편의 TV 광고를 보면서 살아온 것이나 마찬가지란다. 1년에 5만 편, 즉 한 주에 1,000편의 광고를 본다는 이야기가 되지. 이 광고들의 대부분은 30초에서 60초 안에 문제에 대한 해결책을 제시한다. 불면증을 손쉽게 치료해 주는 상품부터 애인 없는 주말을 해결해 주는 상품, 신경질과 흥분을 가라앉혀 주는 상품에 이르기까지…… 그 리스트는 끝이 없단다.

아이들이 9살에서 10살 정도가 되면 선생님들에게 30초에서 60초 안에 해결책을 제시할 수 없는 질문을 던지기 시작한다. 그때가 시작되면 광고들 때문에 야기되는 근본적인 문제점이 드러나게 된단다. 이 시점에서 많은 아이들은 인생이란 광고처럼 그렇게 쉽지 않다는 것을 깨닫고는 움츠러들기 시작하지. 그들 중 일부는 TV 앞에 거의 죽치고 앉아 있을 뿐만 아니라 또 많은 수가 불량식품을 폭식하는 데서 편안함을 발견하고, 일부는 지나치게 잠을 자기도 하지.

무엇보다도 심각한 문제는, 많은 젊은이들의 경우 그 탈출구가 마약과 술, 성적인 방종으로 빠지게 된다는 거란다. 그 결과로 오늘날 5백만이 넘는 17세 그 이하의 아이들이 매일같이 마리화나를 피우고, 5백 30만의 젊은이들이 음주로 심각한 문제를 가지게 되었단다. 더불어, 성병과 10대 임신이 늘어났다는 것이 문제가 아닐 수 없단다.

이런 얘기를 하면 내가 TV를 모든 문제의 원흉인양 비난하고 있는 것처럼 보일 텐데, 실제로 어느 정도는 정말 그렇다고 생각하고 있단다. 그러나 나는 보다 자주 사용될 필요가 있는 '꺼짐(off)' 버튼이라는 것이 TV에 달려 있는 것에 대해 얘기하고 싶단다.

물론 좀더 권장할 만한 것은 수잔과 그녀의 남편 채드가 한 것처럼 아예 TV를 치워 버리는 것이다. 나는 최근 3년 간 TV를 집 밖으로 추방한 가족을 약 200집 가량 만나 보았단다. 그들 모두가 한 가족도 예외 없이, TV가 사라진 충격에 적응하기까지의 며칠만 지나면 TV를 치워 버린 것이 이제껏 했던 일 가운데 가장 현명한 일이라고 느끼게 된다고들 했다.

또 그들은 TV프로그램을 놓치지 않으려고 서두르는 일 없이 식사나 방문, 장보기를 마칠 수 있다는 것이 얼마나 멋진 일인지에 대해 자세히 얘기하고 있지. 6시 뉴스를 보기 위해 일이 끝나면 집에 급하게 들이닥치거나 광고를 기다려야 하는 일 없이 이야기할 수 있다는 것이 얼마나 훌륭한 일인지도 말이다. TV프로그램 때문에 망설이는 일 없이 누군가를 방문할 수 있다는 것은 얼마나 멋진 일인지! 이들 가족들은 하나같이 가족끼리 훨씬 더 가까워졌으며 아이들의 성적은 좋아졌고, 가족의 기강을 잡기도 훨씬 수월해졌다고 말하고 있단다.

그렇다고 TV가 무조건 나쁘다고 오해하지는 말아라. 단지 우리는 시청 습관을 가릴 줄 알아야 한다는 말을 하고 있는 것이란다.

다음의 작은 예는 TV가 우리의 사고에 끼치는 영향을 잘 지적하고 있단다.

사위인 채드 위트마이어는 최근 수술을 받았는데 집에서 회복하는 동안 미식축구 게임을 볼 수 있도록 친구에게 TV를 사다달라고 부탁했었다더구나. 그래서 키퍼도 자연스럽게 TV를 보게 되었지. 모두들 알겠지만 스포츠 영웅들이 모델로 있는 맥주회사들은 내셔날풋볼리그(NFL)의 주요 스폰서들이란다. TV를 보기 시작한 지 며칠이 지난 어느 아침, 아빠의 상태가 좋지 않은 것을 알아챈 키퍼는 그를 보며 물었단다. "아빠, 왜 그래? 기분이 안 좋아?" 그가 대답하기 전에 그녀는 이렇게 말했다. "밀러 라이트 맥주 갖다 줄까?"라고 말이지. 이 일화가 뜻하는 바에 대해 자세히 설명하지 않아도 너희들은 TV가 어느 정도의 영향을 주고 있는지 실감할 것이다.

어린아이들로 하여금 인생이 쉽고 간편한 60초짜리의 해결책으로 가득한 누워서 떡 먹기 같은 것이라고 믿게 함으로써 그들을 현혹시키는 것은 정말 위험한 일이 아닐 수 없단다.

1981년 5월 20일에 TV없이 지내는 생활의 훌륭한 점을 보여 주는 가장 설득력 있는 예가 나타났단다. 그날 동료인 짐 새비지와 나는 스티브 스미스라는 비범한 젊은 행정관을 만나, 그의 강연회에 참석하기 위해 위스콘신 주의 클리블랜드에 갔었단다.

스티브와 그의 아내 지니는 TV 시청을 줄이고 대신 아들과 더 많은 시간을 보내기로 결심했지. 그들이 TV 적게 보기를 행동에 옮기면서 스티브는 아들과 함께 친목 모임 삼아 산보를 나가기 시작했단다. 2~3일 후에는 다른 소년들이 그들과 함께 산보하게 되었지. 며칠 후 다른 이들이 또 함께 했으며 그런 식으로 사람이 모여들어 나중에 스티브는 위스콘신의 '피리 부는 사나이'라고 불려도 좋을 정도가 되었단다.

이렇게 몇 주를 보낸 어느 날 오후, 스티브와 지니는 창문을 열어 놓고 집안에 앉아 있었고 7살짜리 아들은 창 바로 바깥에서 친구 한 명과 놀고 있었단다. 아들의 친구가 느닷없이 "왜, 너네 아빠는 너랑 함께 산책하고 노는 데 많은 시간을 보내니?" 하고 물었지. 그러자 스티브의 아들은 "우리는 TV를 많이 보지 않아."라고 대답했지. 잠시 후 그 친구가 곰곰이 생각하더니 말했어. "우리 아빠가 나랑 함께 더 놀 수 있도록 우리집도 TV를 많이 보지 않았으면 좋겠다."

　저 꼬마에게는 아버지가 있지만 그 아버지가 아들은 잊고 TV만 기억한다는 것은 참으로 슬픈 일이 아닐 수 없단다.

사랑을 담아, 아빠가

술과 담배, 그리고 마약으로부터 거리두기

수잔, 신디, 그리고 줄리에게

우리는 지난 수년 간 마약에 관해 수없이 이야기해 왔고, 너희는 "아이들이 마약과 절대 관계되지 않도록 할 수 있는 확실한 방법은 없을까?"라는 질문을 여러 번 했었지. 이것은 간단히 대답할 만한 질문이 아니구나.

너희들이 알다시피, 요즘은 신문에서 마약에 관한 기사가 빠진 날을 찾을 수 없을 정도로 마약 문제가 심각하잖니. 나는 수년 간 중독자와 중독에서 벗어난 사람들, 중독자의 부모들을 만나고 이해할 기회를 가졌단다. 마약의 공포로부터 빠져나온 후, 나에게 감사와 신뢰 — 이것은 매번 그들 자신을 구해내고 지탱하는 힘이 된다 — 를 표하지 않는 사람이 없었지. 이는 마약에 걸려들었던 아이들 뿐 아니라 그 부모들의 경우에도 그랬단다.

그러나 불행히도, 우리가 마약의 유입을 완전히 막을 수 있는 방법은 없단다. 마약은 우리 사회를 잠식하기 시작했고, 공급을 중지시키기에는 우리가 들여야 하는 비용이 너무나 크기 때문이지. 하지만 공급을 점차적으로 줄이고 수요를 극적으로 줄일 수는 있지.

나는 지난 12년 동안 이 문제를 지켜보고 다루어 온 경험으로 만약 젊은이들에게 그들이 태어났을 때부터 마약의 무서움을 가르친다면 수요를 극적으로 줄이는 결과를 얻을 수 있다고 확신한단다. 공포는 어릴수록 더 강한 동기가 되어 효과적일 수 있기 때문이지.

유치원 때부터 고등학교까지의 교육 과정에서 담배, 마리화나, 술 및 다른 향정신성 약품들이 사람에게 물리적, 심리적, 재정적, 정신적으로 미칠 수 있는 해악에 대해 확실히 가르쳐야 한다고 생각한다. 우리의 '나는 할 수 있어(I Can)' 프로그램은 현재 유치원에서 대학에 이르는 3,500개 학교에서 실시되고 있고, 28% 이상의 중독된 학생들이 이 과정을 마치고 마약을 끊을 수 있게 되었단다. 더욱 중요한 것은, 이 중 마약을 접하지 않은 학생들이 이 과정을 이수하는 동안 약물에 빠지지 않기로 결심하게 됐다는 것이지. 마약 문제를 해결하는 방법에 있어서 아이들이 친구들을 통해 마약을 접하기 전에 진실을 알 수 있도록 교육하는 것이 무엇보다 중요하단다.

그렇게 한다면, 왜 누구든 절대 약물에 빠져서는 안 되는 것인지에 대해 회의적으로 구는 사람은 없어질 테니 말이다. 좀더 중요한 점은,

이런 교육 프로그램이 젊은 사람들로 하여금 약물 없는 삶이 진정한 쾌락과 행복을 가져다준다는 사실을 납득시키며, '아메리칸 드림'의 기회를 준비할 수 있게끔 하는 긍정적인 전망을 가져다준다는 것이다.

한 가지 위대한 진실은 '인간은 성취에 알맞도록 디자인되어 있으며, 성공을 위해 설계되어 있으며, 위대해질 수 있는 씨앗을 타고났다'는 것이다. 일단 우리가 우리 젊은이들의 자아를 향상시키고 그들에게 가치 있는 목표를 설정하고 달성하는 법을 가르치고 어떻게 승자의 자세를 계발하는지를 배우도록 해 준다면, 그들이 약물에 빠질 필요는 없어지게 될 것이란다. 그들이 자기 자신을 좋아하게 된다면, 다른 이들에게 인정받는 느낌을 위해 약물을 필요로 하지는 않게 되겠지. 자기를 인정하는 것은 다른 사람에게 인정받고자 하는 욕구를 크게 무력화시킬 수 있는 거란다.

성공하거나 행복한 중독자는 한 명도 본 적이 없다고 말해 주는 것만으로는 충분치 않구나. 우리는 긍정적인 면을 강조해야 하고 몸과 마음을 깨끗하고 건강하게 지킴으로써 더 재미있게 살 수 있으며, 인생으로부터 끝없이 더 나은 뭔가를 얻어낼 수 있다는 것을 젊은이들이 알도록 해야 한단다.

여기 도움이 될 만한 특별한 지침들이 몇 가지 있다.

포레스트 테넌트 박사(미국에서 가장 큰 약물 클리닉과 함께 가장 큰 연구 그룹을 운영)에 의하면, 아이들이 마약에 빠지지 않도록 부모들이 할 수 있는 일이 세 가지가 있다고 한다. 첫째, 아이들이 주제넘게 반항하거나 거역하면 때때로 매를 들어야 한다. 둘째, 아이들이 15살이 되면 50번 이상 교회에 데리고 가라. 셋째, 적어도 18살이 되기 전까지는 아이가 담배를 못 피우도록 엄격하게 금지하라.

테넌트 박사에 의하면 흡연 문제를 해결할 수 있다면 마약 문제도 많은 부분 해결할 수 있다고 했다. 그의 논리는 간단하단다. 마리화나를 피우는 아이들 중 95%가 담배를 피우는 것으로 시작하고, 코카인과 헤로인으로 빠지는 아이들 중 95%가 마리화나를 통해서 이들 마약에 빠진다는 것이지.

테넌트 박사는 담배를 피는 모든 사람이 마리화나나 헤로인에 빠지게 된다고 말하지는 않았단다. 다만 마리화나를 피우는 사람이라면 20명 중 19명은 담배로부터 시작한다고 말한 것이지. 테넌트 박사가 선언하기를 "우리의 젊은이들에게 담배의 위험과 해악에 대해 교육시키자. 그러면 우리는 마약 문제도 많은 부분 해결하게 될 것이다."

덧붙여, 테넌트 박사는 젊은이들에게 술 마시는 것을 가르칠 수 있다고 생각하는 것은 순전히 바보짓이라고 말하고 있다. 그는 와인에 대해 가장 높은 소비율을 가진 프랑스, 이탈리아, 칠레의 세 나라를 예로 들면서 간경변증(간장이 축소되는 병) 발병률이 가장 높은 세 나라 역시 프랑스, 이탈리아, 칠레라고 지적하고 있단다. 세계에서 알코올 중독률이 가장 높은 세 나라도 프랑스, 이탈리아, 칠레라는 것을 우연의 일치라고 생각하니?

이런 이야기들을 하다 보면 스포츠 영웅들이 TV에서 모델로 나와 맥주와 와인을 팔기 시작한 끈질긴 구매 전략이 시도된 지난 20년 간 10대의 알코올 중독이 3배가 넘게 증가했다는 비극적인 사실을 만나게 된단다. 그런데 왜 수백만의 부모들이 미연방통신위원회에 편지를 써서 담배 광고가 그랬듯 와인과 맥주 광고를 TV에서 없애도록 요구하지 않는지 이해할 수 없구나.

　긴 편지가 되었구나. 하지만 이번 주제에는 특별한 설명이 필요할 수밖에 없잖니.

너희를 사랑하는 아빠가

성격은 가치 있는 재산

신디, 줄리에게

너희들은 성장하면서 꼭 한 번씩은 자신의 가장 가치 있는 재산인 평정심을 잃은 적이 있었단다. 한 사람의 성격은 그가 가진 그 무엇보다도 가치 있는 것이란다. 그때 너희들은 너무 어렸고, 자신의 마음을 조절하는 법을 배우지 못했었지. 그러므로 너희가 자신의 마음을 통제할 수 있을 만큼 성숙할 때까지 그것을 조절할 수 있도록 돕는 것은 이 아빠의 책임이었단다.

성질을 돋구던 원인들은 얼마 지나지 않아 잊혀졌지만 너희들 각자가 하나같이 성질이 나면 바닥에 몸을 던지고, 발을 구르고, 손으로 바닥을 내리쳤던 기억이 나는구나. 신디, 심지어 너는 박치기까지 했었단다. 하지만 이 각각의 경우들에 대한 내 대처 방법은 항상 같았어. 나는 너희를 집어들고 엉덩이를 때려 주고는, 너희들이 원하는 곳으로 보내 주었지. 너희들 모두 심하게 성질을 부린 것은 단 한 번씩뿐이었단다.

하지만 신디, 너는 내가 결코 잊을 수 없는 일을 거의 두 번씩이나 저지를 뻔했었어. 첫 번째 사건이 있은지 얼마 지나지 않아 무슨 일인가가 일어났고, 너는 또다시 바닥에 몸을 던졌지. 너는 발길질을 하고 머리를 찧더니, 갑자기 네가 첫 번째로 이런 짓을 했을 때 자기에게 무슨 일이 일어났었는지 기억한 듯 했단다. 나를 흘긋 보더니 시선을 돌리고는 단호히 이렇게 말했거든. "이런 세상에! 내가 지금 뭘 하는 거지?" 그리고 너는 즉시 일어나 밖으로 달려나갔단다. 너희 어머니와 나는 그것을 보고 매우 유쾌해 했고, 더 이상 체벌을 사용하지 않아도 되는 것에 안도했었지. 그것은 네가 6살쯤 되었을 때의 일이었고, 그 이후로 너는 매를 살 만한 행동을 하지 않았단다. 너희들은 얼마나 빨리 배웠던지, 그리고 지금도 얼마나 빨리 배우고 있는지 그저 놀랍기만 하구나!

내가 바라는 것은, 너희들이 각자 자신의 성격을 찾아 그 성격을 유지하기로 결심할 때 좀더 깊게 생각할 수 있었으면 하는 것이란다.

사랑으로, 아빠가

제안과 조언 받아들이기

톰에게

아이가 자라서 아버지와 많은 관심사에 대해 이야기 나누는 것을 보면 놀라우면서도 흥미롭단다. 아들아, 나는 너와 함께 골프 치는 것을 즐긴단다. 그것은 네가 훌륭한 경쟁자이기 때문만이 아니라 이제는 나를 아주 쉽게 이기고 있는 너를 보면 뿌듯하기 때문이란다. 그렇다고 내가 지는 걸 좋아한다고 오해하지는 말아라. 지는 것과 잃는 것은 다르단다. 네가 최선을 다하지 않는다면 그것은 잃는 것이 된단다. 네가 잔디와 날씨 코스, 좋지 않은 바운스, 형편없는 규칙, 미적거리는 골퍼들, 초보자들, 낡은 골프채와 그 밖의 태양 아래 있는 갖가지 것들을 비난하며 자신의 형편없는 점수를 변명하려 한다면 그것 또한 잃는 것이 된단다.

점수표는 네가 지난 경기에서 20번 이상 나를 이겼다는 것을 보여 주

지만, 인생의 더 큰 점수표는 우리가 티업한 때마다 나도 '이겼다(win)'
는 것을 보여 줄 것이다. 왜냐하면 매번 골프를 치면서 인생에 대한 진
지한 이야기들과 또 그만큼의 재미있고 기쁜 이야기들을 너와 나눌 수
있었기 때문이란다. 또한 경기장의 신선한 공기와 안식을 주는 자연이
나를 물리적, 심리적, 정신적으로 재충전시켜 주었기 때문에 나는 이긴
것이란다. 나는 네 앞에서 결코 성질을 낸 적이 없고 저속한 말을 입 밖
에 낸 적이 없기에 나는 또 이긴 것이라고 생각한다. 내가 골프채를 집
어던지거나, 쉽고 간단한 샷이나 공짜로 먹고 넘어가는 퍼팅에서 실수
하고는 죄 없는 골프채나 골프공에 화풀이하는 것을 너는 결코 본 적이
없지. 그렇지 않니?

  그렇다고 내가 쉬운 샷으로 점수를 얻었을 때는 경쟁하기 좋아하는
천성 때문에 기뻐하며 펄쩍 뛴다는 것은 아니니 마지막 말을 오해하지
는 말아라. 그리고 두 가지만 알아다오. 첫째, 내가 다른 무엇보다도 게
임을 통해 내 자신의 최선을 이끌어 내는 것에만 흥미가 있는 것은 아니
라는 것. 둘째, 만약 일이 네 뜻대로 되지 않을 때 버릇없는 7살짜리처럼
굴면서 성질을 부리는 것이 나쁠 것 없다고 너에게 가르쳤다면 나는 너
를 실망시켰을 게다.

  또 내가 이긴 다른 이유는, 네가 내게서 경기를 훌륭하게 배운 학생일
뿐만 아니라 이제는 종종 나에게 도움이 되는 제안들을 해 주는 조언자
가 되었기 때문이란다. 나의 경기를 개선하는 데 가장 도움이 된 제안
두 가지는 모두 너의 의견이었단다. 나는 네가 좋은 학생이어서 기쁘고,

네가 몇몇 결점들을 지적할 수 있고 건설적인 조언들을 해 줄 수 있어서 기쁘단다. 나에게는 "샷을 놓쳤어."라거나 "잘못 쳤어."라고 말해 줄 수 있는 사람들이 많이 있단다. 하지만 많은 사람들이 그 인생에 도움을 줄 만한 어떤 조언이나 해결 방법도 없이 그저 비판을 쏟아내는 경우가 많단다. 나는 네가 다른 이에게 조언을 하며 도움을 줄 수 있는 사람이어서 기쁘단다.

아빠가

진정으로 성공한 사람의 표상

가족에게

여기 성공한 한 사람이 있단다.

1982년 9월 13일 월요일, 마틴 럽본은 세상을 떠났지. 나는 그를 매우 존경했었단다. 그는 가족과 일 그리고 교회생활로 바쁘게 살았지. 25년 동안 제일침례교회 장로들의 감독으로서 그는 놀라운 업적을 이루었고, 매년 매우 효과적이고 적절하게 고등학교 졸업생들에게 장학금을 수여했지.

지난밤에는 마틴을 잘 아는 나의 동료 집사 한 명이 말하길, 그는 가족을 사랑하는 사람이며, 존경받는 사업가, 충실한 남편, 든든한 아버지였으며, 무엇보다도 아름답고 사랑으로 가득한 사람이었다고 했다.

나는 마틴 럽본에 대해 이야기하는 것을 들으며 속으로 '동료 집사나 다른 동료에 대해 저렇게 이야기 할 수 있다는 것은 얼마나 멋진 일인가 생각했지. 모두들 알겠지만, 나는 우리가 목표로 삼아야 할 인생의 일곱 영역들에 대해 이야기하는 데 많은 시간을 할애해 왔다. 신체적, 심리적, 정신적인 영역과 가족, 사회, 직업, 재정에 대해.

지난밤 내 동료 집사가 마틴 럽본에 대해 이야기하자, 나는 '여기 바로 성공한 사람이 있었구나' 라고 생각하지 않을 수 없었단다.

남편으로서 아버지로서 그는 성공한 사람이었고, 사업가로서도 그의 동료들과의 관계에 있어서도 성공한 사람이었지. 그는 우리 모두에게 정말 귀감이 되는 사람이란다.

난 너희들 모두가 마틴 같은 훌륭한 사람이 되길 진심으로 바란단다.

너희를 사랑하는 아빠가

직원 뽑을 때 비흡연자와 흡연자를 따지는 이유

톰에게

　너는 내가 왜 그렇게 담배 피우는 것을 싫어하는지 물었었지. 나는 네가 담배를 피우지 않아서 기쁠 뿐 아니라 이렇게 물어 봐 주니 고맙기까지 하구나. 내가 담배 피우는 것을 왜 싫어하는지 말해 주마.

　매년 몇 십만 명이 넘는 미국인이 이른 나이에 흡연으로 죽어 가고, 사회적인 재정비용으로 5억 9천만 달러에 이르는 믿어지지 않는 액수가 소모된단다. 2억 천만 달러는 담배를 사는 데 쓰였고, 2억 5천만 달러는 담배로 인한 생산성 손실 때문에 쓰였고, 1억 3천만 달러는 담배와 관련된 질병들을 치료하는 데 쓰였지. 우리가 저 5억 9천만 달러를 사회에 투자한다면 경제는 엄청나게 활력을 띠게 되고 헤아릴 수 없이 많은 일자리들이 생겨날 텐데 말이다.

담배를 피우지 않는 1억 8천만의 미국인들이 날이 갈수록 흡연자로부터 자신들이 보호받기를 원하고 있음은 의심할 필요조차 없단다. '금연'이라고 쓰여진 표지가 집, 직장, 음식점, 차량, 공공건물 등으로 나날이 늘어가고 있으니 말이다.

또 린던 샌더스는 댈러스에서 국유지에 '비흡연자의 쉼터' 사업을 시작했고, 트리프티 렌트카 회사는 비흡연자만을 위한 차들을 준비해 두고 있단다. 뮤즈 항공사는 비행 중에 흡연을 허용하지 않았는데, 그 이후로 그들의 사업은 비약적으로 발전하는 중이란다.

미국의 모든 젊은이들에게 공정하게 말하자면 만약 그들이 3학년 때부터 담배를 피우기 시작한다면 16살이 되었을 때 직업을 얻지 못할 것이라고 가르쳐야 할 도덕적 의무가 우리에게 있다고 생각한다.

네가 담배를 피우지 않는 것을 기쁘게 여기는 이유 중 하나가 일에 대한 것이란다. 나는 앞으로의 사회에서는 흡연자가 실질적으로 실업자가 될 것이라고 확신한단다. 이것은 감정적인 발언이 아니라, 깊이 신중하게 생각하고 이 나라 전역의 고용주들과 사업 지도자들과 재정적인 측면에서 논의하여 나온 결론이란다.

아들아, 고용주로서 내가 두 명의 젊은 남자 혹은 여자를 고용하려고 살펴보고 있다고 가정하자. 한 명은 담배를 피우고 다른 한 명은 피우지 않는다. 네가 생각하기에는 내가(혹은 이런 정보를 알고 있는 다른 고용주가) 둘 중에 누구를 고용할 거라고 생각하니. 게다가 흡연자가 일하는 방에는 흡연자가 없는 방보다 7배만큼의 공기 청정기를 필요로 한단다.

그러니 금연을 통해 절약되는 비용은 엄청날 것이다. 흡연자의 뒤처리를 하는 데만 — 필터와, 직물들, 쓰레기통, 재떨이를 포함하여 — 대략 1년에 600달러가 든다고 하니 말이다. 흡연자가 책상 위나 진열장, 캐비닛, 카펫, 소파 등에 떨어뜨리거나 놓아둔 담배들로 인한 화재 손실을 처리하기 위해 연간 500달러 이상이 들며, 때로는 그 화재로 생명을 잃기도 한다. 결국 흡연자 때문에 보험료가 비싸지게 되는 거란다. 더욱이, 흡연자와 함께 일하는 비흡연자들은 하루에 담배 5대에서 7대에 해당하는 연기를 들이마시게 된단다. 이렇게 담배로 인해 일꾼들이 잃게 되는 생산성이 얼마나 줄어드는 것인지는 측정할 길이 없구나.

아들아, 이제 상황은 〈월스트리트 저널〉에서 다음과 같은 이야기가 담긴 논평을 싣기에 이르렀단다. 많은 회사들이 입사 지원서 맨 위의 칸에 "담배를 피웁니까?"라는 항을 집어넣고 그 질문 아래에는 "만약 답변이 '그렇다'라면 나머지 칸을 채우려 애쓸 필요가 없습니다."라고 적어 놓았다는 것이다. 이것은 캘리포니아에서 한번 재판에 올랐으나, 인종이나 종교적 신념, 피부색, 성별, 출신 지역에 따른 차별이 아닌 것으로 판단되어 법적으로 문제가 없는 것으로 판명되었지. 이렇듯 흡연은 경제적인 사안이란다. 그것도 상당히 값비싼 경제적 사안이지.

아들아, 앞에서 했던 얘기를 이어서 한다면 만약 두 명의 젊은 남자나 여자가 나에게 일자리를 얻으려 지원했는데 한 명은 담배를 피우고 한 명은 피우지 않는다면, 그리고 담배말고 그 밖의 모든 조건이 똑같다면 — 아니 혹은 거의 비슷하다면 — 한 명의 지원자에게 다른 한 명보다

일주일에 9달러 이상씩 더 지불해야 한다는 것인데 그것은 그리 쉬운 일
이 아니란다. 다시 말하면 비흡연자 대신 흡연자를 고용하는 것은 비용
이 더 드는 일이 된다는 것이다. 우리는 현재 40명의 사람을 고용하고
있단다. 만약 그들 모두가 담배를 피운다면, 고용주로서 나는 추가적으
로 일주일에 3,546달러의 비용을 더 써야 하며, 이것은 1년에 184,440달
러를 족히 넘는 액수가 된단다.

수천 개의 작은 사업장에서는 이익을 내느냐 손실을 내느냐의 차이가
비흡연자를 고용하느냐 흡연자를 고용하느냐로 충분히 가름될 수도 있
단다. 사업가로서 나는 흡연자를 고용할 특권을 위해 추가적인 비용이
드는 것을 결코 정당화할 수가 없구나.

네가 담배를 피우지 않는 것에 감사한단다.

아들아. 난 너를 정말 사랑한다.

아빠가

책임이 따르는 행복한 보너스

사랑하는 나의 아이들에게

드디어 너희들이 처음으로 아르바이트비를 받게 되었구나. 나는 첫 급료를 받게 된 너희들의 흥분을 이해할 수 있단다. 누구에게나 갑자기 기대하지 않았던 횡재를 맞게 될 때가 있고 그때 사람들은 열광하곤 하지. 너희는 이 예상외의 돈으로 성가셨던 청구서들을 처리할 수도 있고 원하던 다른 물품을 장만할 수도 있게 되었지. 하지만 애들아, 그런 일들에는 그 나름의 위험이 따른단다. 너희들이 과소비와 난잡한 구매나 흥청망청 호화롭게 지내는 데 빠져서 생긴 청구서들을 메우는 데 돈을 쓰려고 생각해 버릇한다면 너희들은 처음부터 재정적인 문제에 빠질 수 있는 소비습관을 기르게 되어 버린단다.

오래 전 TV 퀴즈쇼에 참가해서 상금을 탔던 사람들이 5년 후에는 하나같이 상을 받기 전보다 오히려 더 재산이 줄었다는 사실을 너희들도 아마 알 것이다. 복권의 경우에도 같은 일이 생겼지. 복권에 당첨되어 수천 달러를 벌었던 사람조차도 때때로 기본적인 가치에 대한 감각을 잃고 지나치게 탐닉하게 되어 결국에는 재난에 가까운 일을 겪게 되는 것이지. 그들은 기대하지 않았던 횡재를 어떻게 다루어야 할지 배운 적이 없었기 때문이란다. 그들 중 셀 수 없이 많은 사람들이 감정적인 어려움에 봉착하고, 어떤 사람들은 이혼을 초래하기 마련인 쾌락에 빠져 가정을 파괴시키기도 했지.

그렇다고 오해하지는 말아라. 너희들이 청구서를 받았음에도 그것을 기한 내에 처리하지 않는다면 나는 대단히 실망하게 될 거란다. 즉 너희들이 일상적으로 버는 수입만으로 청구서를 처리할 수 있어야 한다는 이야기를 하고 싶었던 거란다. 이런 습관이 인격을 세우며, 그 인격 위에 너희들의 삶이 설 수 있는 것이지.

너희들이 예상밖의 횡재를 했을 때 해야 할 일 중 하나는 그 돈의 대부분을 투자 기관이나 예금통장에 집어넣는 것이다. 그저 따라잡기에 급급한 계획이 아닌 성장을 위한 계획을 근면하게 세워나가야 한단다. 확실히, 그 돈은 너희들의 것이고 너희들은 그 돈을 뜻대로 할 수 있지만, 유행을 쫓는데 쓰는 대신 스스로의 발전을 위해 사용할 계획을 세웠으면 좋겠구나.

사랑을 담아, 아빠가

P.S. 어쩌면 너희가 아르바이트비를 받았을 때 이 충고를 해 줘야 했던 것일지도 모르지만, 나는 두 가지 이유에서 그렇게 하는 것을 망설였단다. 첫째, 너희는 이제 스스로를 책임질 수 있는 성인이잖니. 말 그대로 돈은 너희 것이고. 그러므로 그 돈을 어떻게 사용할지를 결정하는 것은 각자의 몫이지. 둘째, 나는 그 돈을 현명하게 사용하든 그렇지 못하든 간에 직접 경험을 해 봄으로써 다음 번에 돈이 생겼을 때에는 어떻게 사용해야 가장 효과적인지를 스스로 깨우칠 수 있도록 해야 한다고 생각했지 때문이란다.

부성애(父性愛)가 보여 준 작은 일

사랑하는 딸에게

그 일을 기억하기에는 네가 너무 어렸었지만, 나는 테네시 주 내슈빌에 살던 시절에 우리 집 화장실에서 일어났던 일을 결코 잊을 수가 없구나.

나는 네가 들어올 때 면도를 하고 있었고, 너는 들어와서 벽장문을 열고 바구니에서 옷가지들을 꺼내기 시작했지. 그때 나는 너에게 "바구니를 벽장에 도로 집어넣어야지, 신디."라고 말했어. 그러자 너는 나를 올려다보더니 "싫어."라고 말했단다.

고백하자면, 그때 나는 꽤 충격을 받았었단다. 하지만 나는 곧 평정을 되찾고 "아니, 우리 신디는 그렇게 할 거야, 그렇지?"라고 말했고, 너는 또다시 "싫어."라고 말했지. 이것은 내 귀여운 작은딸이 한 행동으로는 참을 수 없는 반항이자 거역이었지. 나는 너를 들어올려 가볍게 엉덩이를 때려 준 다음, 다시 말했어. "이제 벽장에 바구니를 집어넣어야지." 너는 반항조로 "싫어."라고 말했고, 나는 다시 네 엉덩이를 좀더 세게 때린 뒤 말했어. "자, 벽장에 바구니를 집어넣어야지." 눈물을 흘리고 입술을 떨면서도 너는 다시 나를 보며 반항적으로 "싫어."라고 말했단다.

사실대로 말하자면, 귀여운 딸아, 나는 그것을 애초부터 문제 삼지 말 것을 그랬다고 생각했지만, 나는 네가 아빠가 지적한 것을 이해하기를 바랐기에 네가 이기고 넘어가도록 할 수가 없었단다. 나는 나의 권위가 의문시 되고 있다고 느꼈고, 만약 이 시점에서 4살짜리에게 진다면 네가 성장하면서 문제가 생길 수 있다는 것을 알았다. 그래서 나는 세 번째로 너를 들어올려 엉덩이를 때리고 다시 너에게 바구니를 옷장 안에 집어넣으라고 말했지. 그때만 해도 내가 너보다 80Kg 이상 더 나갔기 때문인지 너는 벽장에 바구니를 집어넣는 편이 현명하다고 결론을 내린 듯했단다.

나는 그 사건에 대해 여러 번 생각해 보았고, 나는 그것이 우리 둘 모두의 삶에 변화를 가져온 몇몇 가지 일들 중 하나라고 확신하게 되었단다. 어쨌거나 내가 널 때리는 것을 싫어하며, 그러기에는 널 너무 사랑한다는 것을 네가 알아 주었으면 한다. 너를 진심으로 사랑한다. 애야.

널 사랑하는 아빠가

진정한 충고를 아끼지 않은 자랑스러운 아들

톰에게

이게 무슨 일이람!

아침에 너를 학교에 데려다 주는 데 지각할 것 같아서 나는 차를 타고 서둘러 달리고 있었단다. 너는 가는 길에 동네 패스트푸드점에서 아침으로 먹을 샌드위치를 샀으면 좋겠다고 했지. 그래서 난 패스트푸드점 직원에게 아침 식사를 주문하고 주문한 음식을 받기 위해 차창을 열면서 돈을 집에 두고 왔다는 사실을 깨달았단다. 나는 그 패스트푸드 회사에서 종종 연설을 했었기에 직원들이 날 알 것이라고 생각했지. 그래서 돈이 없다는 것이 큰일이라고 생각하지 않았단다.

지그 : "안녕하세요, 저는 지그 지글러입니다. 제 이름을 아시지요?"

매니저 : "아뇨."

지그 : "총회에서 자주 연설을 해왔는데요. 당신 회사에서도 여러 번 강연을 했었지요. 아직도 이름이 안 떠오르나요?"

매니저 : "아뇨, 생각 안 나는데요."

지그 : "문제가 좀 생겼어요. 집에 돈을 두고 온 채로 아들의 아침 식사를 주문했거든요. 제가 아이를 학교에 데려다 준 후에 돈을 가져다 드려도 될까요?"

매니저 : "시계를 맞겨두신다면요."

지그 : "됐어요, 그만둡시다."

그러고 나서, 나는 당황해서 어쩔 줄 모르며 가겠다고 말했지. 내가 차로 돌아오자 너는 나를 경악하게 만들었단다!

"아빠, 직원들을 만나고 오는 모습이 아주 뻔뻔스럽고, 오만하고, 이기적으로 보였어요." 너의 말에 조금 화가 나고 충격을 받은 나는 대답했지. "그래, 그런 것 같구나. 하지만 난 그 정도일 줄은 몰랐어!"

물론, 나는 내 자신이 대단한 사람이고, 많은 곳에서 연설과 강연을 했기 때문에 쉽게 알아 볼 것이라고 여겼단다. 그래서 그토록 흉하게 행동했다고는 느끼지 못했던 거지. 어쨌든, 아들아, 뻔뻔스러움과 오만함, 이기적이라는 것은 한 사람이 모두 한 몸에 갖고 있기에는 너무 끔찍한 굴레들이구나. 다행히도, 그날 너의 관찰 덕에 내가 앞으로 이 지역에서 매우 조심스럽게 행동할 필요가 있다는 사실을 깨닫게 되었으

니 앞으로는 저런 모습들을 고쳐나갈 거란다. 너를 당혹스럽게 만들어
서 미안하구나.

앞으로는 부끄럽지 않은 더 좋은 아빠가 되도록 노력하마.

아들아, 너를 정말 사랑한다!

너의 충고에 감사하며 아빠가

마음에서 마음으로

가족들에게

우리는 수년 간 성공의 여러 측면에 대해 이야기했고, 모두들 인생에 있어서 어떻게 성공할 수 있으며 성공하기 위해 필요한 것은 무엇인지 갖가지 방법들을 통해 알고 싶어 했지. 다음에 쓰려는 글이 모든 질문에 대한 해답은 아니지만 일부에 대한 답은 될 수 있을 것 같구나.

나의 훌륭한 친구인 리차드 퍼먼 박사는 〈외과의사 되기〉라는 제목의 멋진 책을 냈단다. 한번은 우리가 방문하자 퍼먼 박사가 사용하지 않는다는 맥박 조정기를 하나 주었지. 그는 이 특별한 물건이 1만 번 중 9,999번은 제대로 쓸 수 있지만 1만 번째에는 고장나는 확률이 높으므로 1만 번 중 9,999번 제대로 작동하는 맥박 조정기에 목숨을 걸기에는 인간의 목숨이 너무나 귀중하다고 말했단다.

그 맥박 조정기는 담배 라이터 정도의 크기였단다. 이것이 최대의 힘으로 작동한다 해도 그때의 전기충격은 그것을 손에 쥔 사람이 알아채지 못할 정도로 약했단다. 피부가 심장보다 둔하기 때문이었지. 어쨌든, 외과의사가 피부 아래에 그것을 이식하고 심장에 연결된 작은 전선에 연결하면, 매우 예민한 심장은 그 미세한 전기 파동을 감지해 심장의 생명유지 기능이 그 맥박 조정기에 의해 조절되는 것이었단다. 이렇듯 심장은 굉장히 민감하단다. 대부분의 사람들이 약 25cm 사이에서 행복이나 성공을 잃는데 그 25cm는 심장부터 머리까지의 거리란다. 불행히도 우리 중 너무 많은 사람들이 민감한 심장보다는 좀더 둔한 피부랑 비슷한 것 같구나. 그래서 난 이 점을 염두에 두고 글을 쓰거나 강연을 할 때 그것을 듣거나 읽는 사람들의 심장과 머리가 내 심장과 머리와 소통할 수 있도록 여러 가지 노력을 한단다. 나의 가장 큰 관심사이자 첫 번째 소원은 청중과 독자들의 심장으로 직접 다가가는 것이란다. 어떠한 일이든 본인이 자신의 심장으로 깨닫지 못하는 한 아무리 몰입해 봤자 그가 얻을 수 있는 효과는 최소한의 것뿐이기 때문이란다.

어떤 높이뛰기 선수가 세계기록을 갱신하자 누군가가 어떻게 그렇게 할 수 있었는지 물었단다. 그 물음에 그는 이렇게 대답했지. "저는 장대 너머로 심장을 던지지요. 그러면 몸의 나머지 부분은 저절로 심장을 따라 넘습니다."

사랑으로, 아빠가

삶에 힘이 되는 말들

사랑하는 가족에게

나는 우리가 일상적으로 대화에 사용하는 단어들에 항상 주의를 기울여 왔단다. 단어에는 우리 안에 있는 것을 드러내는 힘이 있기 때문이지. 말이 사람에게 힘을 줄 수도 있고 좌절시킬 수도 있다는 것은 의심할 바 없는 사실이란다. 이 때문에 우리는 부정적인 말들이나, 독설, 저속한 말, 비속어를 써서는 안 되는 것이지.

말은 그토록 중요한 것이란다. "당신은 할 수 있어요."라는 말은 좌절한 사람의 삶에 변화를 가져다 줄 수도 있단다. "정말 훌륭하군요. 방이 참 멋져요!", "여보, 오늘 저녁 정말 맛있게 먹었소. 샐러드는 이제껏 먹어 본 것 중 최고였고, 고기는 이 세상 음식이 아닌 것 같았소.", "내 사랑, 오늘 얼마나 예쁜지, 그리고 얼마나 좋은 향기가 나는지 모르겠군!",

"나는 당신을 정말로 사랑한다오." 이런 말들의 목록은 끝이 없단다.

난 내 사랑하는 가족들이 집에서 바른 말을 쓰길 바란단다. 용기를 북돋아 주는 말들은 중요하며, 이 말들은 진실되어야 한단다. 그렇지 못한 경우 이 말들은 악의가 없더라도 거짓말이 되어 효과를 잃게 되지.

사람들이 서로에게 좋은 말들을 많이 해 주길 바란단다. 왜냐하면 그 말들은 우리에게 희망과 용기를 주며, 오늘날 세상에서는 힘을 주고 용기를 북돋아 주는 일이 무엇보다 필요하기 때문이지.

사랑하는 아빠가

한 사람이 일으킨 세상의 작은 변화

사랑하는 나의 아이들에게

오늘날 우리 사회에서 가장 슬픈 일 중 하나는 많은 사람들이 자신이 무엇을 하건 변화를 일으킬 수는 없다고 느끼는 거란다. 그들은 혼자서는 아무 것도 할 수 없으며, 자신을 그저 무력한 사람으로 여길 뿐이지.

애들아, 너희들도 알겠지만 나는 누구든 믿어지지 않을 만큼의 변화를 가져올 수 있는 힘이 있다고 믿는단다. 다만 우리는 한 사람이 다른 사람들의 삶에, 드물게는 수천 명의 삶에 줄 수 있는 영향에 대해 모르고 지내고 있을 뿐이지.

나는 헬렌 켈러를 격려하고 가르친 앤 설리반 선생을 생각해 본단다. 앤 설리반 선생을 역시 한때 그녀의 잠재력을 꿰뚫어 본 어떤 나이 많은 간호사에게 도움을 받았었지. 헬렌 켈러가 수백만의 사람들에게 긍정적인 영향을 미쳤다는 사실을 부인할 사람은 아무도 없을 거란다. 하지만, 앤 설리반이 없었다면 그리고 앤 설리반이 있기 전에 그 나이 많은 간호사가 없었다면, 헬렌 켈러는 인생에서 어떤 기회도 얻을 수 없었을지 모른다. 앨버트 아인슈타인에게도 2×2=4를 가르친 사람이 있었으며, 베토벤에게 음계를 가르친 사람이 있었단다. 이 사람들이 영향을 미친 삶들을 생각해 보거라!

제네럴 모터스(GM)는 한 사람의 마음속에서 시작되었지. 포드 자동차 회사는 물론 듀퐁사 역시 마찬가지였단다. 사실상 모든 회사들은 한 사람의 마음으로부터 나온 것이었단다. 그러니 애들아, 이 모든 이야기들이 의미하는 것은 너희들이 어떤 것에 확신을 가질 때, 그 한 가지 일에 대한 너희의 믿음과 노력은 사실상 수천만 사람들의 삶에 영향을 미칠 수 있다는 이야기란다.

요지는, 한 사람으로 인해 막대한 해를 끼칠 수도 있고 막대한 이익을 가져올 수도 있다는 이야기를 하고 싶었단다. 어느 쪽이든 한 사람이 엄청난 변화를 가져올 수 있다는 점만은 확실하단다. 너희들 각각은 한 사람이고, 이 한 사람으로서 변화를 반드시 일으킬 것이라고 생각한다.

또한 나는 진심으로 너희들이 단지 한 사람의 삶뿐 아니라 수많은 삶들 위에 긍정적인 변화를 일으키길 믿는단다. 애들아, 사랑한다!

사랑을 담아, 아빠가

미래는 준비한 사람의 것

사랑하는 나의 가족들에게

댈러스 시와 관련하여 근래의 역사에서 가장 악몽 같았던 사건 중 하나는 브래니프 인터내서널(Branniff International) 회사의 파산과 양도였다. 수많은 사람들이 오랫동안 일하던 직장을 잃게 되었지. 오늘 아침 나는 그 회사의 한 간부가 다른 회사에서 몇 년 간 일하다가 다시 직장을 잃었다는 소식을 들었다. 그로 인해 그는 꽤 심각한 재정적 곤란에 빠졌다고 한다.

이 일은 나로 하여금 삶은 불확실하므로 우리는 언제나 미래를 위해 어떤 계획을 세워두어야 한다는 점을 상기시켰단다. '제멋대로 허비하면 알거지가 된다' 라는 성경의 말씀처럼 말이다. 물론 이러한 표현은 우리의 할머니들로부터 나왔지만 그들 역시 주님으로부터 가르침을 받은 것이지.

난 오늘 너희에게 각자가 월수입의 10% 이상을 금융시장이나 좋은 담보물에 투자하도록 함으로써 너희들의 앞날에 갑자기 나타날 사업 기회에 대비하라고 말하고 싶단다. 또한 어찌할 수 없는 사고나 갑작스런 위기를 만났을 때도 이렇게 해서 쉽게 넘어갈 수 있다는 것을 말이다.

덧붙여 말하자면 나는 우리 회사 사람들에게도 그렇게 하도록 권장하고 있으며, 수익분할이라든가 신용연금처럼 미래에 많은 사람들의 필요를 충족시켜 줄 복지제도를 갖추고 있단다. 하지만 우리 중 누구도 미래를 환히 볼 수 있는 마법구슬을 가질 수는 없단다. 인플레이션이 수익분할이나 신용연금 같은 것들을 심각하게 침식할 수도 있으므로 다른 여유 자금을 만들어 두는 것이 좋단다.

내가 오늘 전하고자 하는 바는 무엇이든 가진 것을 낭비하지 말라는 것이다. 만약 남는 것이 있다면 그것을 사치품을 사는 데 쏟지 말고 미래를 위한 여분으로 남기는 것이다. 미래는 준비하는 자의 것이라는 것을 잊지 말아야 한단다.

너를 사랑하는 아빠가

진실한 마음의 승리

톰에게

　그날은 기념할 만한 날이었다. 아들아, 너도 기억하겠지만 우리는 브룩헤이븐 컨트리 클럽 골프코스의 네 번째 홀에 있었지. 너의 세 번째 샷이 함정에 빠졌고, 내 두 번째 샷은 그 홀을 약간 지나 그린 왼쪽에 떨어졌지. 그때 너는 겨우 10살이었단다. 내가 너를 지나쳐 앞쪽으로 걸어와 내 공을 칠 자세를 취하고 있을 때, 너의 공이 홀에서 빠져나와 핀 바로 가까이에서 멈추었단다. 나는 네가 어려운 파 4개짜리 홀에서 보기퍼팅을 하게 되었다고 너를 칭찬해 주었단다. 또 나는 네가 멋진 벙커 샷을 보여 준 것을 축하해 주었단다. 그런데 잠시 동안 너는 나를 보더니 말했지. "아빠, 이건 제 두 번째 샷이었어요. 벙커에서 친 첫 번째 샷은 놓쳤거든요." 그리고 너는 잠시 침묵하더니 말했어. "아빠, 짐작하시겠지만 저는 잠시 동안 첫 번째 샷이 실패했다는 것을 말하지 않으려고 했었어요."

아들아, 그때 나는 네가 얼마나 자랑스러웠는지 모른단다. 도덕적 가치들을 배우는 것은 너의 교육에서 가장 중요한 부분인데, 10살의 나이에 잘못 된 생각이 너에게 영향을 끼치려한다는 것을 알아챘다는 사실은 너의 영혼이 성숙했다는 것을 의미하지. 틀림없이 너는 이러한 생각으로 다른 누구보다 앞서 나살 수 있을 거란다. 하지만 그렇다고 너를 다른 사람들과 분리시키지는 것은 아니란다. 단지 그들 위에서 진정한 승자가 되게 하는 것이지.

사랑을 담아, 아빠가

새로운 대학생활을 시작하는 작은 꼬마

톰에게

우리 작은 꼬마가 이제 대학에 입학한 젊은이가 되다니 믿어지지 않는구나. 하지만 다행히도, 한편으로는 불행하게도 너희 어머니와 나는 '빈 둥지'의 심정을 이제 알게 되었단다. 아들아, 다행인 것은 네가 성인이 되어 간다는 신호겠지. 네가 영원히 어린아이로 남아 우리의 보살핌 안에 있어야 한다면 그것은 비극이지. 하지만 그럼에도 우리 막내마저 떠나고 집이 텅 빈 것처럼 느껴지니 허전함은 어쩔 수가 없구나.

너에게 편지를 쓰려 하고 있었는데 네가 월요일에 먼저 전화를 했더구나. 나는 너의 대학생활과 네가 맞닥뜨릴 여러 가지 상황들에 대해 이야기를 나누고 싶었단다. 대학생활의 초기는 굉장히 중요하단다. 이 기간 동안 너는 훌륭한 학과 성취를 보장하는 습관들을 굳힐 수 있고 성공적인 사회관계들의 기반을 만들 수 있지만, 그렇지 않은 경우 부정적인 영향을 끼치는 관계와 습관들만 쌓을 수도 있기 때문이지. 그 선택은 그리고 그에 따를 결과는 순전히 너에게 달려 있단다. 수면과 공부, 운동의 습관은 일찌감치 자리 잡히지. 아들아, 네가 만약 매일 저녁 그날 한 일들을 계획서에 간단히 적어 둔다면 너는 정말로 중요한 일들을 구별해 집중할 수 있게 될 거란다.

　너도 알다시피, 우리는 조건 없이 널 사랑한단다. 네가 어떤 사람이든 어떻든 간에 말이다. 하지만 굳이 기록해 두자면, 우리는 네가 지닌 도덕적 가치들과 너의 영적인 헌신, 그리고 너의 개인적인 행적들을 더할 나위 없이 자랑스러워하고 있단다. 우리는 네가 스스로의 삶에 뛰어들 준비를 하는 단계에 접어드는 것을 보고 있단다. 나는 네가 사회에 크게 공헌하는 자랑스러운 날이 올 것이라 믿는다.

너를 자랑스러워 하는 아빠가

어른이 되어 간다는 것에 대한 이야기

사람은 사랑함으로써 살아가는 존재입니다. 자신을 사랑

하는 그 순간부터 죽음이 시작되며 다른 사람과 신을 사랑

하는 그 순간부터 삶이 시작되는 것입니다.

—톨스토이

새로운 시작에서의 작은 실수들

사랑하는 당신에게

당신도 기억하듯이, 결혼 후 열두 달 동안은 그 이후의 36년 간보다 훨씬 많이, 별 것도 아닌 일로 싸웠소. 회상해 보면 나는 같이 살기에는 좀 거친 사내였던 것 같소. 우리 둘 다, 결혼은 영원한 약속이라고 가르쳤던 어머니 밑에서 자랐다는 것은 정말 다행스런 일이 아닐 수 없소. 이에 더해 내가 성숙해져서 유치하고 미숙한 습관에서 벗어날 때까지 참을성 있게 기다려 줄 정도로 날 사랑한 소녀를 만났다는 것이 얼마나 행운이었는지. 당신은 개개의 사건으로 볼 때는 별 것도 아니지만, 모아 놓으면 상당히 문젯거리가 될 일련의 사건들을 쪼르르 달려가서 자기 어머니에게 말해 버리는 그런 평범하고 미숙한 여자가 아니었지.

신혼여행에서 돌아온 후 처음으로 외식하러 나갔던 것을 기억하오?

당신은 나의 새신부로서 매일 세 끼마다 푸짐한 요리를 해 주었기 때문
에 휴식이 필요했었지. 그러던 어느 날 나는 마지못해 당신과 외식을 하
러 나가기로 했지. 불만을 간직한 채 말이오. 그리고는 당신의 감정을
완전히 무시하고는 당신을 벌주기 위해 못마땅한 태도로 일관했소. 그
때 내가 얼마나 끔찍스런 저녁 시간을 만들어 냈는지!

여보, 솔직히 나는 당신이 그 결혼초기를 어떻게 견뎌냈는지 모르겠
소. 하지만 지금 우리는 서로의 필요와 바람들에 더 관심을 기울이게 되
어 즐거운 결혼생활을 하고 있지.

당신은 세상에서 가장 즐겁고 멋진 결혼 상대라오!

항상 당신을 사랑하는 남편, 지그

배려와 참는다는 것의 의미

아내에게

　36년이나 지난 일이지만 당신도 기억하고 있으리라 생각하오. 결혼하고 갓 몇 달을 넘긴 뒤였지. 그때만 해도 젊은 남편으로서 나는 당신이 항상 내 곁에 있기를 바란 나머지 매 순간 당신에게 전화를 걸어야 할 지경이었지. 당신은 이미 내 아내였고, '죽는 날까지 한 몸이다' 라고 선언했는데도 말이오.

　우리가 작은 아파트에서 살았던 때를 기억하오? 어느 날 당신은 가족들을 만나러 고향에 가기로 했었지. 당신은 일주일 가량 떠나 있었고, 나는 사우스캐롤라이나 콜롬비아의 대학에서 2시간 후면 당신이 돌아오리라 기대하고 있었지. 그러다가 전화를 받았는데, 당신이 하루 더 있다 갈 거라고 말하는 게 아니겠소. 난 갑자기 화가 나고 말았다오! 내가 기억하기로는, 나는 당신의 전화가 아니라 집에 올 당신을 기다렸다고 말하고는 실망을 넘어 완전히 미쳐서는 "당신 집으로 가 버려!"라고 소리치며, 이기적이고 불안정하고 유치하게 화를 내고서는 전화를 끊어 버렸던 것 같구려.

당신은 다음날 도착했고 나는 유치하고 비열한 짓으로 당신을 벌 주려고 했다오. 이제 와서 생각해 보니 내가 그렇게 무식한 사람처럼 굴었던 것에 대해 사과를 했었는지조차 모르겠구려. 사과를 제대로 안 했을까 봐 걱정스러운데, 그때는 정말 미안했소, 여보. 지금이라도 날 용서해 주겠소?

당신을 사랑하는 남편, 지그

다툼이 일어났을 때

나의 사랑 당신에게

당신 같은 남편을 둔 나만큼 축복받은, 혹은 행운을 타고난 사람도 없을 거예요. 당신은 어찌나 다정하고 친절하며, 사려 깊고 인자한지, 나는 매일 내가 할 수 있는 모든 방법으로 당신을 사랑한답니다.

어제 내가 잡화점에서 내 것만을 보고, 내것만을 사려고 했는데도 불구하고 당신은 오직 나에게 필요한 것만 생각해 주었던 것을 생각하니 그 일이 무척 후회스럽군요. 당신의 언약과 모든 다른 맹세들에 대해 기억했더라면 좋았을 것을.

앞으로는 이기적으로 굴지 않을 테니 제발 나를 용서해 주기를 바래요, 지그. 나에게 있어 당신은 이 세상에서 가장 소중한 사람이랍니다. 당신과 싸움을 하거나 당신에게 상처 주고 싶지 않아요.

　나는 당신을 굉장히 사랑하고 나만의 당신과 함께 할 수 있어서 얼마
나 행복한지 모른답니다.

당신의 사랑스런 아내가

신중한 생각과 함께 하는 데이트

사랑하는 나의 아이들에게

　너희들이 커서 데이트를 시작할 때가 되려면 아직 한참 남았다는 것을 알지만 나는 미리 한두 가지 생각해 볼 점들을 말해 두려고 한단다.

　딸아이들이 연상의 남학생과 데이트하도록 허용할 것인가 하는 문제와 관련해서 특별히 주의를 주고 싶기 때문이란다. 소녀들이 중학교 3학년이나 고등학교 1학년일 때 말이다. 어떤 상급생이 그 나이 때의 소녀들에 대한 관심을 발전시킨다면 너희는 언제 터질지 모르는 폭탄을 안고 있는 것이나 마찬가지란다. 정신과 의사인 내 친구 존 코젝에 따르면 그런 관계가 발전할 수 있도록 허용하는 것은 위험하다고 하는구나.

　이것은 다음의 두 가지 측면에서 그렇단다. 첫째 연하의 여자아이는 보통 상급생이 그녀의 매력을 알아봐 주면 우쭐해지기 마련이란다. 그 결과, 그녀는 그가 관심을 지속적으로 갖게 하기 위해서 극단적으로 나갈 수가 있지. 이 경우 현실적으로, 남자아이 쪽이 사회적으로 더 경험이 많고 더 안정되어 있단다. 두 번째, 대체로 동년배 여자아이랑 데이트하는 데 성공하지 못한 남자아이들은 새내기나 연하의 여자아이들에게 관심을 가지게 되는 것이 다반사지. 자신의 자존심을 회복하기 위해 그는 어린 여자아이들을 찾는 것이란다. 그는 또 상대 여자아이를 쉽게 생각하고 자신의 수컷다움을 발휘할 기회만 노리고 있을 수도 있단다.

여자아이의 나이가 어찌 됐든 예쁜 여자아이와 데이트한다는 것은 남자아이가 초라한 자기 이미지에서 벗어나 남성성을 확인할 좋은 기회란다. 항상 그런 것은 아니지만 대부분의 경우가 그렇지. 15살이 될 무렵의 어린 딸들에게는 많은 남자아이들을 만나며 살아갈 날들이 창창히 남아 있단다. 그 애들이 안전하게 즐기도록, 동년배의 남자아이들과 데이트하도록 가르쳐야 한단다.

너희를 사랑하는 아빠가

아빠의 마음을 알아 줄 그날을 위해

수잔에게

살다 보면 아쉽게도 부모들이 기록해 두지 않아 영원히 잊혀지는 일들이 많이 있단다. 거기에는 잊혀지는 편이 나은 기억들도 있지만 회상할 때마다 기분 좋은 아름다운 기억들도 있단다. 나는 너희들이 10대일 때 일어났던 한 사건을 결코 잊지 못할 것 같구나. 수잔, 너도 기억하겠지. 너는 확실히 기억하고 있을 거라 생각한다.

어느 날 방과 후 너는 반 친구 몇몇과 특별한 장소에 가고 싶어했지. 그렇지만 나는 단호히 "안 돼."라고 말했어. 당연히 너는 그 이유를 알고 싶어했지. 나는 잘못된 친구들과 잘못된 장소에 가려하기 때문이라고 설명했어. 너는 "하지만, 나만 빼고는 모두들 간단 말이에요!"라고 대꾸를 하더구나. 그래서 나는 너에게 "수잔, 너는 그것이 네가 거기 가야 할 이유가 되지 못한다는 걸 아주 잘 알고 있잖니."라고 답했지. 그러자 너는 입술을 살짝 떨며 말했어. "왜요?"라고. 나는 옳지 못한 사람들과 늦은 시간에 옳지 못한 장소에 가려 하기 때문이라고 말했지. 그러자 조금 화가 난 너는 이렇게 주장했어. "하지만, 아빠, 만약 내가 저 애들과 함께 나가지 않는다면 '괜찮은' 남자애들은 하나도 남지 않게 될 거라구요!" (이 이야기와는 별개로, 딸아, 네가 괜찮은 소년들이 사라져 버리진 않는다는 걸 이제는 알고 있다는 사실을 나도 안단다. 채드가 눈에 띄지 않는 곳에서 널 만날 때를 기다리고 있었고 너와 결혼했으니까.) 어쨌든, 나는 너에게 괜찮은 남자들이 모조리 사라져 버리는 것이 아니라는 것을 보증할 수 있다고 했어. 하지만 너는 화나고 좌절하여 왜 네가 갈 수 없는지 명확한 설명을 다시 한 번 해 주길 원했어. 아니 거의 강요했지.

너의 친구들이 너와 함께 하길 원하는 것은 확실하지만 경험으로 볼 때 친구들은 그들이 가지고 있는 가치의 어떤 부분뿐만 아니라 그들 친구들의 가치도 일정 부분 바꾸려는 경향이 있다고 나는 대답했단다. 또 너는 네 친구들을 사랑하고 그들도 아마 널 사랑할 테지만 그들의 사랑은 단 하나의 사건 때문에 순간적으로 바뀔 수 있는 종류의 것이라는 사실을 말해 주었지. 그리고 나와 엄마가 너에게 느끼는 사랑은 결코 바뀌지 않을 것이라고 강조했단다.

네가 그곳에 감으로써 네 평판과 건강을 망치도록 내버려두기에는 우리는 너를 너무나 사랑한다고 말했지. 입술을 떨며 잠시 조용히 서 있던 너의 눈에서 눈물이 흘러내렸어. 그리고 너는 내 목을 껴안고 키스하더니 말했지. "아빠 고마워요. 어찌 됐든 간에 지금은 거기에 가고 싶지 않아요!"

　딸아, 그때 네가 친구들에게는 뭐라고 말했을지 전혀 짐작 가는 바가 없구나. 너는 친구들에게 이 아버지가 구식이어서 전혀 이해해 주지 않는다고 말했을 수도 있겠지만 그건 중요하지 않단다. 나는 부모로서 정직하게 너에게 최선이라고 생각되는 것을 했고 너도 비슷하게 느꼈을 테니까. 바로 그게 내가 너를 이토록 사랑하는 이유 중 하나이기도 하단다.

　　　　　　　　　　　　　　언제나 너를 사랑하는 아빠가

다시 한 번 생각해야 할 혼전 성(性)관계

톰에게

그래, 우리는 꽤 대단한 주말을 보냈구나. 그렇지 않니, 톰? 난 너와 단둘이 떠날 수 있어서 정말 좋았단다. 많은 시간 함께 골프를 즐길 기회를 얻게 된 것도 그렇고 말이다. 무엇보다도 너와 함께 할 수 있었고 그처럼 긴 대화를 할 수 있어서 정말로 기뻤단다.

이 편지를 쓴 이유는 그때 나누었던 이야기를 다시 되새겨 평가해 보고 그 여행의 목적이 무엇이었나 생각해 보기 위해서란다. 너의 인생에 영향을 미칠만한 몇 가지 매우 중요한 점들에 대한 논쟁이 있었기에 나는 상황을 전체적으로 바르게 보기 위해 이 문제들을 글로 다루고자 한단다.

이런 나의 생각은 심리학자인 제임스 박사의 책으로부터 도움을 받았

단다. 그는 아버지들이 아이들과 주말을 같이 보내며 인생에 관해, 특히
이성과의 관계에 대해 진지하게 이야기 나눠 봐야 한다고 제안했단다.
다행히도 아들아, 너와 난 삶에 대해 많은 이야기를 하며 시간을 보내왔
기에 이런 주제를 다루며 대화하는 것에 불편함이 없었지.

  17살 생일에 가까워지고 있을 때쯤 네가 귀엽고 작은 소녀들과 데이
트를 시작했기에 나는 이때가 바로 그런 이야기를 나누기에 적절한 시
기라고 생각했단다. 그 여자아이와 너의 관계는 가벼운 우정을 넘어서
고 있었고, 나는 벌써부터 다루어져 왔던 어떤 기준들에 대해 다시 이야
기하고 싶었단다. 너도 알듯이 나는 사람들의 양면성, 즉 아들에게는 혼
전 성관계를 용인하면서 딸에게는 옳지 못한 것이라고 생각하는 부모들
을 소름끼쳐 한단다.

  기억하겠지만, 나는 너희의 관계가 아주 조심스러워야 하며, 그것이
너와 상대방 모두에게 최선이 되는 방식이라고 말했었단다. 그리고 너
희 중 어느 쪽도 혼전 성관계가 최대의 관심사는 아니리라는 믿음을 너
와 나는 공유하고 있었지.

  혼전 성관계가 좋지 않은 것에는 임신의 가능성이나 성병에 걸릴 가
능성, 너의 도덕적 가치관이 무너질 가능성 등의 여러 가지 이유가 있단
다. 톰, 내가 지적하고자 하는 것은 네가 만약 너의 생리학적 욕구가 최
고조에 달해 있는 지금 시기에 성을 억제한다면 너는 규율, 자제, 신용,
존중과 성공적인 결혼에 필수적인 모든 것들을 스스로에게 증명하게 된
다는 것이란다. 왜냐하면, 너와 너의 배우자는 결혼함으로써 거의 매일

함께 지내게 될 테지만, 서로 떨어져서 지내야만 할 때도 있기 때문이
다. 네가 출장을 갈 수도 있고, 너희 중 하나가 병에 걸릴 수도 있으며,
네 아내가 아이를 가질 수도 있으니 말이다. 그러므로 네가 젊은 시절
동안 부도덕한 행위들을 자제할 수 있다면 너는 결혼생활 중에도 부도
덕한 행위들을 자제할 수 있는 훈련과 습관을 갖추게 될 거란다.

요즘 사람들은 어떻게들 생각하는지 모르지만 혼전 성관계란 부도덕
한 것이므로 나는 '부도덕한 것'이라고 표현했다. 그리고 사랑이 혼전
성관계의 조건이 되지는 않는단다. 성관계가 허용되는 유일한 조건은
결혼뿐이란다. 남편이나 아내가 아닌 다른 사람과 성관계를 갖는 것은
변태 아니면 간음, 간통이기 때문이란다.

아들아 너도 알다시피, 성공적인 결혼의 가장 중요한 요소는 서로간
의 믿음이란다. 너는 나에게 이 이야기를 수없이 들었겠지만 내가 집을
떠나 있을 때도 나는 너의 엄마에 대해 걱정해 본 적이 없단다. 물론, 그
녀도 나를 믿어 주었지. 아들아, 이것은 무척이나 멋진 일이란다. 왜냐
하면 다른 누구보다도 자신을 사랑하고 믿는 누군가가 있다는 것은 우
리 둘에게 이루 말할 수 없는 안정감을 주기 때문이다.

처음에는 이상하게 들리겠지만, 혼전 성관계를 자제해야 하는 또 다른
이유는 혼전 성관계가 네가 사귀고 있는 소녀를 진지하게 알아갈 기회를
빼앗아 버리기 때문이란다. 너희가 한번 성관계를 시작하면 그것이 너와
그녀가 계획하고 생각하는 모든 것이 되어 버리게 될 거란다. 너는 성적
인 만남을 위한 시간과 장소를 찾기 위해 계획을 세워 하늘과 땅이라도

옮기려 들겠지.

　그렇게 되면 너희들은 진지하게 이야기할 시간을 잃게 될 거란다. 너는 결혼을 망칠 수도 성공적으로 만들 수도 있는 수많은 작은 일들과 커다란 요소들을 감당할 수 없게 될 거란다. '아이를 가질 것인가, 만약 그렇다면 몇 명이나 가질 것인가? 추수 감사절이나 크리스마스, 어버이날에 어느 쪽 부모를 찾아가 함께 지낼 것인가? 아니면 그냥 집에 있을 것인가? 만약 아내가 밖에서 일한다면 언제까지 일할 것인가? 어떻게 하면 비용을 절감 할 수 있는가?' 이런 식으로 갖가지 문제들이 수두룩하단다. 그렇기 때문에 아들아, 결혼 전에 이런 질문들에 대해 서로 인정하는 답안이 나와 있어야 한다는 생각을 갖고 있기를 바란다.

　혼전 성관계가 없어야 하고 혼전 동거도 없어야 하는 또 다른 이유는 그렇게 했던 부부의 이혼율이 결혼 전에 바르게 행동했던 부부들의 경우보다 높기 때문이란다. 나는 현대의 얄팍한 떠버리 철학자들이 시험 운전 하지 않은 차를 사지 않듯이 시험되지 않은 상대를 만날 수는 없다고 하는 것을 알고 있단다. 그들은 자동차는 도덕적 가치나 양심과는 다르다는 것을 깨닫지 못하고 있는 것이지.

　만약 네가 결혼 전에 한 소녀를 시험해 본다면 그녀 자신에게나 너에게나 그녀의 가치는 떨어지게 된단다. 또한 너 자신과 그녀에 대한 너의 가치 역시 떨어질 것이다. 이 얼마나 비참한 일이냐.

　톰, 이것 말고도 또 다른 이유가 있단다. 만약 네가 혼전 성관계를 가진 후에 서로가 진정으로 중요한 사람이 아니라는 것을 깨닫게 되었을

때는 헤어지는 일이 쉽지 않단다. 다시 말해, 성관계로 인한 죄책감의
고리가 없을 때 두 사람 모두가 깨끗한 양심으로 당당하게 얼굴을 들고
헤어지기가 쉽다는 것이지.

게다가, 네가 진심으로 그녀를 사랑해서 성관계를 맺고 후에 결혼을
한다면 너는 제 손으로 미래의 문젯거리를 만들게 되는 것이란다. 결혼
한 사람들을 상담해 주는 내 친구에게 듣기로 그들이 가장 많이 상담하
는 두 가지 문제 중 그 첫 번째가 남편이 집에서 정신적 지도자 역할을
맡아 주길 원하는 부인들의 문제이고, 두 번째가 혼전 성관계를 갖고 나
서 그 때문에 죄책감에 시달리는 남녀들의 문제라고 한다. 결혼 전 성관
계를 가졌던 부부들은 이 죄책감으로 인해, 절제하면서 결혼 후의 침실
을 위해 신의 특별한 선물을 아껴두었던 부부들보다 불감증과 발기불능
을 겪는 비율이 더 높다는 것이지.

이보다 더 심각한 위험이 또 있는데, 네가 한 여자아이와 만족스러운
성관계를 발전시켰다 하더라도 많은 이유들 때문에 그녀와 결혼하지 않
게 될 수도 있다는 사실이란다. 하지만 어쨌든 너는 누군가와 결혼을 하
게 되겠지. 그러나 아내로서 필요한 모든 조건을 갖추었음에도 불구하
고, 네가 결혼하지 않은 다른 소녀와 그랬던 것만큼 너와 성적으로 잘
맞지는 않는다면 그때는 어떻게 하겠니.

요즘 사람들 일부는 혼전 성관계가 왜 나쁜지조차 깨닫지 못한단다.
혼전 성관계가 결국 학대받는 아이가 될 수도 있는 원치 않는 아이들을
만들게끔 하는 데도 말이다. 선량한 사람에게 사랑과 결혼은 신의 위대

한 축복 중 하나가 되는 것이란다.

아들아, 아마 너도 기억하겠지만 여행기간 동안 네가 나에게 '지상 천국'에 대한 너의 생각을 말해 주었던 것이 생각나는구나. 네 어머니와 내가 매년 11월 26일이면 서로의 결혼 기념일을 축하하기 위해 다른 일을 모두 미루고 3일 간 여행을 떠나는 것을 보고 너는 그 생각을 했다고 말했지. 사실, 나 역시도 네 어머니와 보내는 그런 시간에서 지상 천국이 따로 없다는 생각을 했단다!

나는 자신의 배우자와 많은 시간을 보내는 것이 그다지 즐겁지 않다고 말하는 사람들을 볼 때마다 슬픈 생각이 든단다. 정말 솔직하게 말하면, 너희 어머니가 내 곁에서 멀리 떠났다가 다시 돌아올 때면 이 늙은 아버지의 가슴은 아직도 두근거린단다. 네 어머니는 내가 아는 한 가장 멋지고 아름다우며 매혹적인 여인이라는 것을 새삼 깨닫게 되기 때문이지.

그래, 너와 나는 정말 멋진 주말을 보낸 것 같구나. 그리고 우리가 많은 분야에 관해 이야기를 나누었던 것을 우리의 전통으로 만들자는 너의 제안에 나도 대 찬성이란다.

너를 너무나 사랑하는 아빠가

같은 일을 다르게 받아들이는
결혼 전과 결혼 후

사랑하는 나의 아이들에게

만약 너희들이 결혼했다면 나는 너희가 그 결혼을 지속하려 노력하고 있는 사람이길 바란다. 또 현재 결혼하지 않았다면 올바른 상대를 고르길 바란다. 이렇게 말하는 데는 여러 가지 이유가 있지만 하나만을 콕 집어 낸다면 내 손자들 때문이란다.

좀 유별나게 들릴 테지만, '만약 내게 그들이 주는 즐거움이 없다면 어떻게 될까?' 라는 생각만으로도 심장이 미어지는 것 같은 고통을 느낀단다. 나는 여러 가족들이 관련된 많은 모임에 나간단다. 그곳에서 나는 종종 멀리 떨어져 사는 부모나 조부모들이 아이들과 영원히 떨어져 지낼 수밖에 없게 된 가슴 아픈 이야기를 듣게 된단다.

그때마다 나는 그 부모와 조부모들이 아이들과 떨어져 지내게 됨으로

써 자식들과 손자들을 기르는 데서 오는 순수한 즐거움을 잃게 된 것에 대해 생각하지 않을 수 없단다. 그들은 자식들이 자라고 발전하는 것을 지켜볼 수 없으며, 첫 걸음이나 처음으로 입을 떼서 말하기 시작하는 것도 관찰할 수 없단다. 또한 자식들이 스스로 먹으려고 노력하는 것을 지켜봐 줄 수도 목욕을 시켜 줄 수도 없을 것이란다. 그 밖에도 아이들의 삶에서 다른 모든 첫 경험들을 지켜볼 수 없겠지.

너희 어머니와 나는 제대로 된 사람과 데이트해야 한다고 늘 강조해 왔지. 그래야 네가 올바른 결혼을 할 가능성이 높아지기 때문이란다.

올바른 결혼을 위해서는 너와 비슷한 관심사와 비슷한 배경, 종교적 신념, 도덕적 확신을 갖고 있는 사람과 데이트를 해야 한다. 네가 교제하는 사람은 네 아이들의 부모로서 떳떳할 수 있는 사람이어야만 하고, 또한 너도 네가 교제하는 사람의 가족들과 화목하고 편안하게 어울릴 수 있어야만 한단다.

이전에도 말했듯이 너는 가족 모두와 결혼하는 것이란다. 그렇기 때문에 많은 시간 이야기를 나누어 보는 것도 매우 중요하단다. 내가 장담하지만, 결혼 전에 둘 중 한 명이 다른 사람에게 결혼에 대한 자신의 생각이 받아들여지도록 애쓰고 있는 동안 많은 이야기를 나누지 않는다면 결혼 후에는 더 이상 아무 것도 이야기 나눌 만한 것이 없게 될 거란다.

다시 한 번 당부하지만 결혼 후에 상대방을 바꾸거나 개선하겠다는 생각으로 결혼하지는 말아라. 만약 네 장래의 배우자가 데이트하는 동안 바뀌지 않는다면 네가 결혼했을 때 얻게 될 결과는 명백하단다. 너는 네가 사랑하고 있는 그대로의 그와 계약한 것이니 결혼 후에 그를 바꾸려 할 필요도 이유도 없는 것이다.

만약 네 연인이 결혼 전에 작은 술버릇(네가 말하듯 심각하지 않으니 고칠 수 있는)을 가지고 있었다면 결혼 후에는 그것이 심각한 문제가 될 수도 있단다. 만약 장래의 배우자가 데이트하는 동안 평정을 지키지 못하고 '경미한' 성질을 부렸다면 결혼 후에는 육체적 폭력을 당할 수도 있단다.

결혼은 결코 가볍게 생각할 수 있는 것이 아니란다. 너 자신과 너의 가족 또한 상대방의 가족 모두가 관계된 것이기에 결혼 전과 결혼 후의 일에 관해 이토록 강조하여 말하는 것이란다. 옳지 못한 상대와 결혼했지만 그를 혹은 그녀를 바르게 이끌어 괜찮은 결혼이 되도록 할 수도 있고, 괜찮은 상대와 결혼했지만 그를 혹은 그녀를 잘못 다루어서 형편없는 결혼으로 만들 수도 있단다. 하지만 앞서 말한 지침들을 명심한다면 불행한 결혼을 피할 수 있을 것이다.

사랑을 담아 아빠가

대화를 통한 가족 사랑

사랑하는 당신에게

　사람들이 당신과 나에게 '결혼 감수성 훈련 프로그램'에 가봐야 한다고 제안했을 때 나는 그런 쓸데없는 과정을 밟는 것은 시간 낭비라고 생각했었소. 나는 누구도 우리 결혼을 더 낫게 만들어 줄 수 없다고 생각했소. 하지만 많은 사람들이 그 제안을 해왔고 결국, 받아들이기로 했지. 그리하여 당신도 알다시피, 우리는 주말에 아름다운 경험을 갖게 되었던 것이라오.

　그 모든 시간 동안 당신과 함께 있을 수 있으며 점점 가까워지는 것이 얼마나 행복한 일이었는지 모른다오. 그 체험이 너무나 훌륭해서 친구들 중 '결혼 감수성 훈련 프로그램'에 들어가고자 하는 사람이 있다면 우리가 비용을 대서라도 보내 주자고 했었지.

우리가 그곳에서 배운 커다란 가르침들 중 하나는 대화라고 생각하
오. 그리고 우리가 애정어리고 뜻깊은 방식을 통해 서로의 사랑을 대화
로 나눌 때마다 나는 어떻게 대화하는가를 마음깊이 알게 되는구려.
　진심으로 당신을 사랑하오.

당신의 지그

필요한 도움과 불필요한 도움

당신에게

　당신이 조수석에서 운전과 관련하여 이런저런 이야기를 하는 것이 내가 운전하는 것을 도와 주려는 것임을 수년 전부터 인정하기로 했다오. 하지만 그럼에도 불구하고 나는 여전히 그것을 잊어버리고는 나 혼자 운전하려고 할 때가 있지.

　북부중앙고속도로의 진입로를 지나던 날을 나는 결코 잊지 못할 것 같구려. 양보해야 할 상황임이 확실했고 나는 고속도로에서 나오고 있는 차들을 위해 멈춰야 하는 상황이었지. 하지만 우리가 고속도로 진입로에 가까이 갔을 때 고속도로를 벗어나는 차 한대가 아주 천천히 움직였어. 나는 그 운전자가 자신이 양보하지 않아도 된다는 것을 모르고 있다고 확신했다오. 실제로 그 차는 멈추고 있는 중이었고 (다시 생각해 보면, 그는 내가 멈출지 확실하지 않아서 그랬던 듯 하구려), 그래서 나는 계속 앞으로 나아갔다오. 그때 이런 대화가 벌어졌지.

"지그, 우리가 양보해야 할 것 같은데요." 나는 계속해서 앞으로 직진하면서 "알고 있소."라고 말했지. 그러자 당신이 나에게 단호하게 다시 말했다오. "지그, 우리가 양보해야 할 것 같다고요." 다른 차가 완전히 멈춘 후에 나는 매우 퉁명스럽게 말했지. "여보, 나도 알아. 하지만 다른 차가 멈춘 게 안 보여?"

그러자 당신은 상냥하게 애교를 부리며 당신이 항상 해 오던 방식대로 응했지. 나를 향해 눈을 아름답게 반짝이고,.웃으면서 말이오. "여보, 내가 항상 당신이 운전하는 것을 도우려 한다는 것을 당신도 인정했잖아요. 그런데 지금 당신이 나에게 화를 낸다면 좋을 일이 하나도 없다는 것도 알고 있겠지요."

그런데 이건 좀 불공평하다고 생각하오. 당신이 그렇게 말하면 나로서는 반박할 재간이 없지 않소. 하지만 바로 이것이 내가 당신을 사랑하는 11,986가지 이유 중 하나이기도 하지만 말이오.

당신의 사랑하는 남편, 지그

결코 쉽지 않은 아이들 성교육

줄리, 수지에게

너희들도 알다시피 너희 어머니와 나는 너희들이 자식을 어떻게 길러야 하는지에 대해 잔소리하기를 꺼려왔지만, 그 애들의 성교육에 대해서는 몇 가지 이야기하려고 한단다. 너희들에게 많은 도움이 됐으면 좋겠구나.

우선 너희의 아이들이 공립학교의 성(性)교육 과정을 이수하도록 내버려두어서는 안 된다는 것을 말하고 싶구나.

애리조나 주 피닉스의 정신과 맥그래스 박사가 지적하기로 우리 아이들에게는 대략 5살에서부터 청소년까지의 시기에 잠재적인 성장 기간이 있다고 한다. 그가 말하기를 그 기간 동안 남자아이들은 다른 남자아이들과 어울리는 법을 배우고, 남자아이들만의 놀이를 하며, 남자아이라는 것이 무엇인지 배워야 한다는 것이지. 여자아이들 역시 마찬가지란다. 이 중요한 기간 동안 어린아이들에게 가해지는 어떤 자극도 — 그것이 미디어를 통한 것이든, 개인적인 경험을 통한 것이든, 성교육 수업에 의한 것이든 간에 — 아이에게는 돌이킬 수 없는 해악이 될 수 있다고 박사는 지적하고 있단다.

맥그래스 박사에 의하면 때 이른 자극은 아이에게 매우 치명적인 것으로써 아이들로 하여금 중요한 성장의 한 단계를 건너뛰도록 만든다고 한다. 삶의 각 단계는 그 다음 단계를 위한 준비 과정인데 만약 한 단계를 건너뛴다면 다음 단계도 결코 완수할 수 없게 되는 거지. 이 때문에 요즘 25살에서 30살 먹은 젊은이들 중, 부모님 집으로 도로 들어가거나 부모님으로부터 일정부분 지원을 받고 살아야 하는 이가 많은 것이란다. 그들은 성장의 필수적인 단계를 건너뛰어 아직도 미성숙하기 때문이란다.

애들아, 바로 이런 이유들 때문에 나는 지금 이 주제를 관심 깊게 다루고 있는 것이란다. 너희들도 알겠지만, 이 아버지는 결혼과 도덕, 정절에 대한 오래된 기준 — 요즘 기준에 의하면 고리타분한 사람일지 모르지만 — 을 믿는단다. 그 이유 중 하나는 우리 아이들의 생산성과의 관계란다. 여러 가지 종류의 인명록에서 최고의 학생들을 조사해 보았지. 그 결과 결혼 전까지 성관계를 맺지 않아야 한다고 믿고, 마리화나를 하지 않고 술을 마시지 않는 아이들이 압도적으로 많았단다.

이 이야기를 분석하자면 최고의 학생들은 이런 모범적인 가치들을 가지기 마련이라는 것을 알게 된다. 섹스에 빠지지 않은 소년과 소녀들은 ― 오늘날의 사회에 만발한 ― 성병에 걸릴 위험이 없으며, 사생아나 원하지 않는 때 이른 결혼이나 낙태 등을 할 가능성도 없단다. 그리고 이런 젊은이들은 성장하고 삶을 준비하는 일에 더욱 집중할 수 있단다.

편지 한 장에 담기에는 너무 무거운 이야기를 한 듯 하구나.

하지만 내가 너희들을 너무나 사랑하기 때문에 이렇게 관심을 표한다는 것을 알아 주었으면 좋겠다.

너희들의 사랑을 느끼는 아빠가

결혼의 의미를 일깨워 주며

톰에게

내가 이 편지들을 쓰기 시작했을 때 너는 단지 4살짜리 작은 아이였는데, 벌써 결혼을 이야기하는 18살이 되었다니 놀라울 뿐이구나. 아들아, 네가 '결혼'이라는 단어를 처음으로 말했을 때 나는 네가 너무 어리다고 생각했단다. 하지만 잠시 후에 나도 18살 때 너희 어머니와 사랑에 빠져서 결혼에 대해 이야기하고 있었다는 것을 기억해 냈단다. 그때 우리에게는 결혼하기 전에 해야 할 몇 가지 일들과 더 나은 인생을 위해 달성해야 할 몇 가지 목표가 있었단다.

그 당시 나는 해군에 있었고 결혼을 하면 해군 비행장교 훈련 프로그램을 포기해야만 했었단다. 게다가 너희 어머니는 겨우 16살이었으니 우리는 두말할 것 없이 기다려야만 했지. 나는 그녀의 어머니가 내 편이 되어 주기를 바랐지만 오히려 강력하게 반대했단다. 너희 어머니와 나는 그때 너무 어렸고, 아무런 준비도 없었는데 그걸 미처 깨닫고 있지 못했던 거지.

나는 너보다 먼저 이런 일들을 직접 경험했기 때문에 네가 잘 살 수 있도록 도움이 되고 싶구나.

네가 잘 살기 위해서는 우선 대학을 끝마쳐야 한단다. 너도 현대 사회에서는 질 높은 교육이 중요하다는 것에 동의하겠지? 교육은 네가 가족들을 재정적으로 지원하기에 좋은 조건을 가질 수 있도록 돕는단다. 또한 결혼 후 아이들이 생기면 너는 그 아이들을 교육할 준비가 되어야 하겠지. 짧게 말하면, 결혼을 위한 목표들 중 하나는 대학이라는 것이다.

4년이란 시간이 네게 길게 느껴질지 모르지만, 나를 믿어 보렴. 네가 한 가지 목적을 향해 부지런히 노력한다면 그 시간은 금방 지나간단다. 또 그 동안 너희 둘 모두 서로 맞는 상대와 결혼하려는 것인지 생각해 볼 시간을 가질 수 있게 된단다.

솔직히 말해 누군가 나에게 결혼 일정을 잡았다고 말한다면 나는 우선 서로가 맞는 상대인지 다시 한 번 생각해 보라고 말하고 싶구나. 그런데 지금 너는 너의 상대에 대해 상당히 자신을 갖고 있는 듯 보이니, 이제 목표를 계획하고 그것들을 향한 과정을 밟아 나가는 일만 남았구나.

아들아, 행복한 결혼생활을 위해서는 경제적인 능력이 필요하단다. 자신의 결혼 상대를 정말로 사랑하는 사람이라면 최소한의 재정적 보조라는 구명보트도 갖추지 않은 채 그녀를 결혼의 바다로 끌어내지는 않을 것이기 때문이란다. 그렇다고 너에게 엄청난 액수의 은행잔고가 있어야 한다는 뜻은 아니란다. 단지 네가 재정적으로 신뢰할 만하고 의존할 만한 수입을 가져야 한다는 것이지.

수입은 매우 중요하단다. 아이가 계획보다 일찍 생기는 경우를 대비해 너의 수입으로 필요한 만큼 충당할 수 있게 되도록 재정계획을 세우라고 권하고 싶구나. 물론 너는 가족계획을 세울 테지만, 때로는 의지와는 상관없이 계획밖의 일들이 생기는 법이니 말이다. 만약 네가 아내의 수입에 맞추어 그런 계획을 세운다면 그야말로 말도 안 되는 일이지 않겠니.

결혼생활 중에서 너에게 가장 큰 장애물은 다른 사람들의 결혼을 방해한 장애물이기도 하단다. 나는 그것을 자기절제라고 부르지. 네가 데이트 할 때 사랑하는 사람에게 선물과 즐거움을 쏟아 붓고 싶어지는 것은 자연스러운 일이란다. 너처럼 헌신적으로 사랑을 베풀 줄 아는 사람에게는 특히 그렇지. 너는 사랑의 선물을 사고 꽃을 보내고 멋진 레스토랑에 가고 싶은 유혹을 느끼겠지. 그것이 전적으로 나쁜 것은 아니지만, 너는 스스로에게 이렇게 물어야 한단다. "이런 특별한 행동들이 우리가 최종 목표에 이르는 것에 얼마나 도움이 되는가, 또 우리의 장기적인 관심사가 될 수 있는가?"

"내가 몇 시간을 일해야 벌 수 있는 30달러의 돈을 영화 한 편이나 괜찮은 저녁 식사를 위해 써야만 하는가? 아니면 오후 할인표를 얻기 위해 햄버거 하나로 만족하고 우리의 일정을 잡아야 하는가?" 10달러와 30달러의 차이는 그것을 4년의 기간만큼 늘여 계산해 본다면 상당한 것이란 다. 결국 이것은 네가 가구를 사느냐, 가구가 딸린 아파트를 사느냐 하는 차이가 되는 거지.

너는 매일 밤 전화로 3달러씩을 써 버릴 것인지 밤 11시에 매주 한 번씩만 전화하고 멋지고 긴 편지를 써 보낼 것인지 결정해야 하는 것과 같단다. 자기만족을 위해 유명한 상표의 옷을 살 것인지 할인 중인 옷을 살 것인지도 정해야만 하고, 헤어스타일을 위해 15달러를 쓸 것인지 아니면 그저 7달러를 주고 머리카락을 자를 것인지 정해야 한단다. 원하는 돈을 얻기 위해선 가진 돈을 잘 관리해야 한다는 말은 그저 단순히 진부한 표현만은 아니란다.

요컨대 이것은 네가 쾌락에 관심을 두느냐 행복에 관심을 두느냐 하는 문제란다. 쾌락이란 모든 이들이 즐기는 것이고 많은 이들이 종종 빠져 들기 쉬운 것이지. 어쨌든, 결국 너는 짧은 순간의 쾌락을 위해 돈을 낭비할 것인지 미래의 행복을 위해 돈을 투자할 것인지 정해야 한단다.

이런 사항들을 너는 진심으로 심각하게 다루어 본 적이 없겠지. 어쨌든 너는 목표에 다다르기 위해 필요한 자기절제를 지금부터 수행하기 바란다. 이것은 많은 노력과 조절이 필요한 거란다. 이에 대해 너의 삼촌은 "한번 하기로 한 결정을 바꾸는 것이 아니라 이르려고 한 곳까지 가는 방향을 바꿀 뿐이다."라고 말했단다.

너의 목표가 결혼이라면 그 목표는 확고하지만, 그 목표에 이르는 길은 바뀔 수 있다는 이야기란다. 예를 들면, 애초에 3년 안에 대학을 졸업하는 계획을 세웠다가 이제껏 해 온 것처럼 학업과 일을 유지하는 것이 불가능하다는 것을 깨닫고는 졸업을 늦출 수도 있다는 거지. 이 경우 네 계획의 일부가 바뀔 테지만 너의 목표는 여전히 변치 않은 채로 있단다.

네가 단단히 명심하고 있어야 할 것 한 가지는 '왜, 어떤 목표에 이르기를 원하는가?' 라는 점이란다. 그것이 결혼과 관계가 있다면 너는 스스로에게 "나는 사랑에 빠졌고 나에게 맞는 짝을 찾았으므로 결혼하기를 원한다."고 하면 되는 것이다. 그리고 그 목표가 좀더 현실화되고 구체적인 것이 되도록 공을 들여야겠지.

사랑에 빠진 18살의 젊은이들에게는 이런 이야기가 좀 계산적으로 들릴지도 모르겠구나, 하지만 "나는 사랑에 빠졌어요. 나는 결혼하기를 원해요. 그것뿐이에요."라는 생각을 가지고 다른 사람을 설득하려고 하기 전에 내 말부터 듣기를 바란다.

불행히도 나는 그렇게 결혼한 많은 사람들이 이혼하는 것을 보았단다. 시간이 지나면서 그들은 서로 자신이 고른 상대와 공유하는 것이 그다지 많지 않음을 깨닫게 된다. 또 결혼을 평생 지속할 것으로 여겨 주의 깊게 준비하고 계획하지 못했다는 것을 알게 된단다. 그에 따른 결과로 신혼기간이 끝나거나 어려움이 닥쳐오게 되면 그들은 아직 완전히 맺어 보지도 못한 결혼을 파기하려고 한단다. 이 때문에 너는 목표를 가져야 하고 너의 아내는 또한 그녀 자신의 목표를 가져야 한단다. 데이트 기간이 긴 커플의 이점 중 하나는 두 사람이 서로 정말로 사랑하는지 아닌지 알 수 있게 된다는 것이지. 또 네 자신이 결혼 서약을 통해 20년, 30년 혹은 그 이상을 더 행복해질 수 있는지 현명하게 판단할 수 있다는 것이다.

항상 어딘 가로 가야만 하고 무언가를 하고 있어야만 한다면 그 사람에 대한 너의 사랑은 실은 깊지 않은 것이라고 여겨도 된단다. 가장 확실한 사랑의 증표는 그저 함께 있는 것을 즐길 수 있다는 것이니 말이다.

너희 어머니와 나에게 가장 행복했던 순간들은 우리가 가진 모든 것들에 대해 다투고 서로 바가지 긁으며 지내던 시간들이었다는 생각이 드는구나. 우리는 작은 다툼을 통해 서로의 비슷한 점과 차이점들에 대해 알아 갔단다. 그리고 그렇게 다투는 순간에도 우리는 단 한번도 헤어진다는 것에 대해서 생각해 보지 않았단다. 만약 우리 둘 중 한 명이 그런 적이 있다 해도 그것은 잠시 마음에 떠올랐다 사라지는 종류의 생각이었을 뿐이란다. 그런 과정을 통해 함께 하는 우리의 삶이 점점 더 훌륭해진다는 것이 얼마나 행복한 일인지 모른단다. 사랑과 결혼은 — 제대로 된 경우라면 — 정말이지 가장 값진 선물 중 하나란다.

내가 앞서 지적했듯이 이 모든 이야기들이 좀 무겁게 들렸을 수도 있을 것 같구나. 아마 네가 듣고 싶어했던 것보다 좀더 어렵고 심각한 이야기들 일 테지. 그래서 나는 네가 자주 이 편지를 읽어 내 말들을 이해할 수 있기를 바란다(그리고 시간이 지나면 좀더 자연스레 이해가 되겠지). 그렇게 하면 너는 네가 정한 목표와 왜 그것에 이르려 했는지를 항상 상기할 수 있을 테니 말이다.

결혼은 정말 아름다운 목표란다. 그리고 그런 결혼을 완벽하게 즐기기 위해 우리는 노력했고 그렇게 살았단다. 하지만 솔직히 말해 우리가 너희들이나 다른 사람들 앞에 우리의 생활을 모조리 보여 준 것은 아니므로 너나 너의 누나들이 본 것만큼 실제로 잘 지낸 것만은 아니란다. 그럼에도 나는 우리의 결혼이 나의 삶에서 가장 중요한 것이라고 말할 수 있단다. 나는 매일 네 어머니와 보내는 시간을 소중히 생각했고, 그녀와 함께 늙어 가며 영원을 보낸다는 것에 지금도 여전히 마음이 설렌단다.

그래, 결혼은 매우 아름다운 것이 될 수 있단다. 서로가 평등하게 지내고, 결혼한 후에도 결혼 전처럼 서로를 배려해 준다면 말이다.

아들아, 사랑한다.

사랑을 담아 아빠가

사랑이라는 표현조차도 부족한 사랑

사랑하는 당신에게

　당신을 너무나 사랑하기에 당신과 함께 살고 싶다고 말해도 당신은 그리 놀라지 않을 것 같구려. 나에게 당신 없는 인생이란 상상조차 할 수 없소. 지난 몇 년 간 당신에게 일어난 변화의 과정은 이루 말할 수 없이 아름다웠지. 당신의 사업적인 능력과 판단력은 엄청나게 성장했구려. 게다가 당신은 더 다정해졌고, 그래서 나는 더욱더 당신을 사랑하게 되었다오.

　이 모든 것들은 우리의 과거와 모든 경험들을 통해 이루어 냈다는 것을 말해 주는구려. 나는 우리의 삶이 더 많은 자극과 더 많은 보상을 향해 성장해 간다고 믿소. 모든 것이 계속해서 더 나아지면서 우리는 지금 삶의 전성기를 맞고 있다고 생각하오. 우리는 수년 간 사랑과 흥분 속에서 이 삶을 완벽히 즐기고 있지. 나는 당신이 완벽한 반려자라고 믿어마지 않기에 당신과 함께 계속 살아가고 싶소. 당신은 아내로서 나의 모든 육체적, 정신적, 감정적 필요들을 충족시켜 준다오. 강연을 하든, 바깥에서 저녁 식사를 하든, 여행을 하든, 함께 산책을 하든, 무엇을 하든 간에 나는 당신과 함께 있는 것이 좋구려.

우리의 약혼식 날 당신과 내가 단상 위에 서자 모든 사람들이 나의 빨강머리, 당신을 볼 수 있게 되었을 때 내 가슴이 얼마나 떨렸는지 모른다오. 당신이 내게 어떤 사람인지를 아는 사람들 앞에서 당신을 소개하는 것이 얼마나 좋았는지. 나는 좋아 어쩔 줄 모르면서 "봐, 내가 그녀는 특별하다고 말했잖아!"라고 사람들에게 말했소. 여보, 나는 당신을 너무나 사랑하고 당신을 내 아내로 소개할 수 있다는 것이 미치도록 자랑스럽소.

부부가 서로를 사랑하고 서로에게 힘이 되어 준다면 날이 갈수록 행복해지게 된다는 것을 알게 될 남편과 아내들이 앞으로도 더욱 많아지겠구려.

당신을 사랑하는 남편, 지그

기쁨과 행복을 안겨 준 새 집

사랑하는 나의 가족에게

나는 우리가 호수에서 보낸 주말을 결코 잊을 수 없을 것 같구나. 톰, 채드, 리차드와 함께 한 골프는 대단히 재미있었고, 너희 딸들과 함께 배를 타고 호수를 유람한 것은 말할 수 없이 멋진 경험이었단다. 또한 너희 어머니와 내가 수년 간 꿈꾸어 왔던 그런 장소를 가족 모두와 함께 둘러볼 수 있어서 대단히 설레었고 말이다. 그야말로 환희에 넘치는 시간이었단다.

새 집에 들어오기까지의 일들을 돌이켜 보면 이사하는 데 보낸 시간까지 포함하여 정말로 흥분되는 시간들이었다. 약 3주 동안은 우리가 진짜 이 집에 살게 된다는 사실이 실감이 나지 않을 정도였으니까. 우리는 정말 드문 기회를 얻은 것이었지.

예전에는 이 집이 조용히 쉬거나 내가 글을 쓰려는 용도로만 사용되었기 때문에 이제야 우리가 정말로 새로 시작할 기회를 얻었구나 싶었단다. 그래서 가구들도 모두 새로 들였지. 카펫도 새것이었고, 집도 새로 꾸몄고, 전자제품들도 새것이었다. 내가 연구와 저술을 위해 댈러스에서 일부 옮겨온 서고만 빼고는 사실상 모든 것이 새것이었단다.

우리가 이렇게 새로 시작할 수 있는 기회를 얻어서 얼마나 기쁜지 모르겠구나. 돌아보면 이런 새로운 시작이 저절로 가능해진 것은 아니었단다. 나는 몇몇 가지 물품들을 사러갔다가 가격을 보고 정말 경악했고, 그래서 잘 알고 지내는 빌의 집에서 물건을 사기로 했지. 너희도 알다시피 빌 테니슨이 우리 집을 완전히 바꾸어 놓은 것에 나는 정말 기뻐했었단다. 하지만 그가 자기가 판 것보다 더 많은 것들을 가져다 주었음에도 불구하고 나는 모든 것이 지나치게 비싸다고 느꼈단다. 결국 우리의 새 집은 많은 대가를 지불한 셈이지.

우리가 지금 가진 것 중 유일하게 공짜인 것은 우리 자신뿐이란다. 이것은 아무 비용도 들지 않았단다. 하지만 우리들이 화목하고 행복하게 살아갈 수 있는 데에는 희생과 양보, 그리고 사랑이라는 값진 대가가 있었단다.

사랑으로, 아빠가

행복으로 가는 길

독자 여러분에게

　여러분은 이 책에서 긍정적인 삶의 방식과 우리 가족관계의 훌륭한 부분들을 보았을 것입니다. 우리들은 사회의 부정적인 면에만 지나치게 초점을 맞추고 있기에 저는 여러분에게 가족을 이루어 사는 것에 대한 긍정적인 면을 보여 주고자 했습니다. 제가 책머리에서 이야기했듯이, 우리 가족에게는 많은 어려움이 있었고 지금도 종종 어려운 일들이 생깁니다. 하지만 저는 우리 가족만큼 서로를 사랑하는 가족은 없다고 생각하며, 그 사랑만으로도 힘이 됩니다. 가족들이 모일 때면 언제나 따뜻하고 애정어린 분위기를 느낍니다. 우리 가족들은 서로를 따뜻하게 안아주며 키스를 해줍니다. 꽤 오랜 시간 이런 표현들을 통해 서로의 애정을 키워 왔습니다.

이 책이 여러분 가족과의 관계를 더 훌륭하고 의미 있으며 애정어린 가족으로 만드는 일에 도움이 되길 바랍니다.

이 책의 목적을 매우 아름답고 명확하게 그려낸 시 한 편으로 끝맺을까 합니다.

다리를 만드는 사람

윌 앨런 드롬굴

한 늙은 남자가 길고 긴 고속도로를 가고 있었지.
춥고 어둑어둑한 저녁이 올 무렵
끝없이 깊고 넓은 광활한 협곡을 향해서.
늙은 남자는 저녁 어스름을 건넜고
음울한 새벽 강물은 그를 지나쳐 흘렀네.
하지만 그는 안전한 건너편에 닿자
멈춰 서서 조류 위에 다리를 놓았네.

"늙은 남자여." 함께 지나던 순례자가 말했지,

"이런 곳에 다리를 놓으며 헛수고를 하는구려.
당신의 여행은 마지막 날이 오면 끝날 터인데
당신은 이 길을 다시 지나지 않을 터인데
당신은 이미 깊고 넓은 협곡을 건넌 후인데
왜 저녁의 강 위에 이 다리를 놓는 것이오?"

다리 놓는 사람은 그의 늙은 회색 머리를 들며 말했네.
"친구여, 내가 지나온 길에는
오늘 내가 지난 후에도 뒤따를 사람이 있을 것이네.
이 길을 반드시 지나야만 할 젊은이들이 있을 것이네."

나는 이 협곡을 건널 수 있었지만
그 뺨붉은 젊은이에게는 함정이 될 수도 있지.
하지만 그 역시 저녁 어스름녘에 이 곳을 건너야만 할 것이기에
친구여, 나는 그를 위해 다리를 놓는다네.

이구용

한국외국어대학교 영어과를 졸업하고 경희대학교 대학원
영문과를 졸업했다. 논문으로는 《탈식민주의와 글쓰기 전략》과
《조셉 콜라드의 소설에 나타난 제국의 언어》 등이 있으며,
역서로는 〈시도하지 않으면 아무것도 할 수 없다〉〈사랑해요, 어머니〉
〈인생의 다섯 가지 기르침〉〈오늘 변하지 않으면
더 이상 물러설 곳이 없다〉 등이 있다.

가족에게 보내는 편지

초판 1쇄 발행 | 2003년 1월 25일
초판 2쇄 발행 | 2003년 3월 20일

지은이 | 지그 지글러
옮긴이 | 이구용

펴낸이 | 한익수
펴낸곳 | 도서출판 큰나무

기획 | 유연화
편집 | 성효영, 김미진
관리 | 조은정
마케팅 | 한성호, 권혁진

등록 | 1993년 11월 30일(제5-396호)
주소 | 120-837 서울시 서대문구 충정로 3가 3-95 2층
전화 | (02) 365-1845~6
팩스 | (02) 365-1847

이메일 | btreepub@chol.com
홈페이지 | www.bigtreepub.co.kr

값 8,000 원
ISBN 89-7891-152-8 03840